精灵
普拉斯诗集

Ariel
Poems of Sylvia Plath

[美]西尔维娅·普拉斯 著
陈黎 张芬龄 译

雅众文化 出品

目 录

译者序　　I　瓶中精灵——重探西尔维娅·普拉斯

普拉斯亲订本（四十一首）

　　　　　　57　晨歌
　　　　　　59　快递信差
　　　　　　60　捕兔器
　　　　　　62　沙利度胺
　　　　　　65　申请人
　　　　　　68　不孕的女人
　　　　　　69　拉撒路夫人
　　　　　　75　郁金香
　　　　　　79　一个秘密
　　　　　　82　狱卒
　　　　　　85　割伤
　　　　　　88　榆树
　　　　　　91　夜舞
　　　　　　94　侦探
　　　　　　97　精灵
　　　　　　100　死亡公司
　　　　　　103　东方三贤士
　　　　　　105　莱斯沃斯岛
　　　　　　110　另一个人
　　　　　　113　戛然而逝

115　十月的罂粟花

116　闭嘴的勇气

118　尼克与烛台

121　伯克海滨

131　格列佛

133　到彼方

137　美杜莎

140　深闺之帘

144　月亮与紫杉

146　生日礼物

151　十一月的信

154　失忆症患者

156　对手

157　爹地

162　你是

164　高热一〇三度

168　养蜂集会

172　蜂箱的到临

174　蜂蜇

178　蜂群

182　过冬

"休斯编辑本"选入诗（十四首）

189　雾中之羊

190　玛丽之歌

192　悬吊的人

193　小赋格

197　年岁

199　慕尼黑衣架模特儿

	201	图腾
	204	瘫痪者
	207	气球
	209	七月的罂粟花
	211	仁慈
	213	挫伤
	214	边缘
	216	语字

普拉斯诗中译七首

	221	巨神像
	223	情书
	225	生命
	227	采黑莓
	229	事件
	231	小孩
	232	神秘论者

附录一	235	为BBC广播节目"普拉斯新诗作"所写文稿
附录二	238	普拉斯亲订本《精灵》各诗写作日期

译者序
瓶中精灵——重探西尔维娅·普拉斯

普拉斯生平记事

西尔维娅·普拉斯(Sylvia Plath,1932—1963)出生于美国马萨诸塞州,童年在波士顿近海的小镇温斯罗普(Winthrop)度过。她的父亲具有德国血统,在青少年时期随家人自波兰走廊的普鲁士小镇格拉博(Grabow)移居美国,是鸟类学家、昆虫学家、鱼类学家,波士顿大学生物系教授,国际知名的大黄蜂权威;她的母亲比父亲小二十一岁,是具有德国血统的奥地利人,在中学任教;她有一个比她小两岁半的弟弟。普拉斯八岁那年,罹患糖尿病却延误医治的父亲死于腿部截肢手术的并发症。对年幼且敏感的普拉斯而言,父亲的早逝是一种背叛,一种信仰或价值的幻灭,一座"巨神像"的倒塌,在她心中留下了难以抚平的创伤。当母亲告诉她父亲的死讯时，她说："我绝不再和上帝讲话了。"那天放学回家后，她递给了母亲一张誓约，要她在上面签名："我发誓绝不再改嫁。"普拉斯把生命看得过于认真，"绝不再"三个字总是很快就涌到唇边。对感情的执着让她不愿与生命妥协，以致在寻找心灵出口的过程中跌跌撞撞，吃尽了苦头。

普拉斯天资聪颖，八岁时就写了一篇蟋蟀和萤火虫的故事，发表于《波士顿先驱报》。一九五〇年，她进入史密斯学院（Smith College）就读，多次在文学创作比赛中获奖。金发，姣好的容貌，修长的玉腿（这是她最引以自豪的部分）和创作的天分使她在大学里风头很健。她担任《史密斯评论》杂志的编辑委员，陆续在《十七岁》（*Seventeen*）杂志上发表小说及诗作；一九五一年，她获得妇女杂志《小姐》（*Mademoiselle*）的小说奖；来年暑假，获杂志社之邀，前往纽约实习采访。普拉斯的一个朋友如是描述此一阶段的她："西尔维娅似乎等不及人生的来临……她冲出去迎接它，促使事情发生。"然而，事事追求完美、为忧郁症所苦的普拉斯曾在一封信里写道："表面上，我也许小有成就，但是我心里有着一大片一大片的顾虑和自我怀疑。"一九五三年秋天，她吞服大量安眠药企图自杀，被送往精神病院接受电击治疗（她后来在诗作《爹地》中写下"你下葬那年我十岁。／二十岁时我就试图自杀，／想回到，回到，回到你的身边。／我想即便是一堆尸骨也行"这样的字句)。经过六个月的密集治疗后,她返回学院继续学业。一九五五年,普拉斯以全校最佳成绩毕业,并获得"富布赖特奖学金"(Fulbright scholarship),前往英国剑桥大学纽纳姆学院(Newnham College)深造。

一九五六年二月,在剑桥求学期间的一个学生聚会上,她结识了英国诗人特德·休斯(Ted Hughes,1930—1998),无可救药地爱上了他。她曾写道:"我已极端地坠入爱情里,这只能导致严重的伤害,我遇到了世界上最强壮的男人,最硕大最健康的亚当,他有着神一般雷电的声音。"她的母亲形容其后两年是普拉斯"生命中最兴奋和多彩多姿的日子"。他俩于一九五六年六月十六日结婚。婚后,休斯在剑桥的一所男校任教,普拉斯则忙于学位考试、家务、写作、将休斯的诗作投寄给文学刊物。

在剑桥住了一年之后,他们迁往美国,休斯任教于马萨诸塞大学,普拉斯在史密斯学院教大一英文,被同人誉为"英语系有史以来最棒的两三位讲师之一"。但是一九五八年春天,他俩决定离开教职,靠写作维持生计。为了突破写作瓶颈和摆脱忧郁症的阴影,她到马萨诸塞州综合医院的精神治疗科担任秘书,也开始接受心理治疗。她最好的短篇小说《强尼恐慌小子与梦的圣经》("Johnny Panic and the Bible of Dreams")或许就是在这段期间酝酿成形的。一九五九年,她在波士顿参加了"自白派诗人"(confessional poets)先驱罗伯特·洛威尔(Robert Lowell)所开授的诗歌写作班,结识了安妮·塞克斯顿(Anne Sexton)。他们突破禁忌、披露个人经验、具有情感深度的作品,对普拉斯日后的诗风具有相当程度的启发和影响。

一九五九年圣诞节前,普拉斯和休斯搬回英国居住。他们住在廉价、乏人问津的小区的一套狭小公寓,两人共用一部打字机,日子过得并不安逸。一九六〇年四月一日,他们的女儿弗莉达(Frieda)出生。当时休斯已出版两本诗集,备受文坛瞩目和推崇,普拉斯则隐身其背后,扮演称职的母亲与家庭主妇的角色。一九六一年二月,普拉斯二度怀孕却不幸流产(在《不孕的女人》一诗中,她将未能受孕成功的身体比喻成一座有着圆柱、柱廊、圆形大厅却无雕像的空荡有回音的博物馆)。一九六一年九月,他们搬到德文郡(Devon)的一座屋顶以茅草铺成、有着宽阔庭园的老旧农庄,种了一些苹果和樱桃树,一株金链花,还有一畦菜园,以及普拉斯戏称为"史前陵墓"的小土丘——后来在《十一月的信》一诗中,那陵墓成了"陈年尸骨堆砌成的墙";在《蜂螫》一诗中,它变成"杀害她的引擎",她企图逃脱的婚姻的象征。一九六二年一月十七日,他们的儿子尼古拉斯（Nicholas）出生。因为与养蜂人为邻，普拉斯在六月开始养蜂——这或许象征她与父亲亲密关系的延续，也或许是她将父亲自死亡召回的一种方式。

一九六〇年，普拉斯的第一本诗集《巨神像及其他诗作》(*The Colossus and Other Poems*)出版。在这本诗集中，普拉斯展现出技巧的完整性，语言的精确度与张力，语汇暧昧运用的空间，对韵律的敏感度，以及押韵与谐韵上灵活的运用，让她建立了一些名气与自信，不再只是活在丈夫高大身影下的小女人。标题诗《巨神像》充满了死亡的意象和空虚寂灭的情绪。普拉斯将父亲比喻成孤独落寞的古代英雄，一具坍塌的"巨神像"，试图重建这位在她童年就已离去的守护神形象，表达出在怨怼和憎恨的背后对父亲无法忘怀的依赖和依恋："提着熔胶锅和消毒药水攀上梯级／我像只戴孝的蚂蚁匍匐于／你莠草蔓生的眉上／去修补那辽阔无边的金属脑壳，清洁／你那光秃泛白古墓般的眼睛。"然而，整首诗宛如一场徒劳的召魂仪式："我再也无法将你拼凑完整了，／补缀，黏附，加上适度的接合。"有着恋父情结的女子终究只能在记忆的废墟中寻找慰藉的残骸："好些夜晚，我蹲踞在你左耳的／丰饶之角，远离风声。／／数着朱红和深紫的星星。／太阳自你舌柱下升起。／我的岁月委身于阴影。"她日夜蹲在神像的背后，让自己的岁月和阴影互相结合，再也泛不起一丝对自然的喜悦，再也不去"凝神倾听龙骨的轧轹声／在码头空茫的石上"了。普拉斯终其一生未能走出丧父之痛。

一九六二年五月，加拿大诗人大卫·威维尔（David Wevill）偕妻子阿西娅·格特曼（Assia Guttman, 1927—1969）来访，普拉斯察觉到特德·休斯与阿西娅之间有某种异样的亲切感。七月，普拉斯无意中发现特德·休斯与阿西娅的奸情。丈夫的背叛形同生命中另一尊"巨神像"坍塌，让普拉斯深受打击，被嫉妒、愤怒和绝望所吞噬，数度感冒，持续发烧，普拉斯的母亲在这段期间前来陪伴、协助照料生活起居。两个月后，她提出分居（在母亲的极力鼓励下），独自带着两名幼儿住在德文郡。她母亲恐怕她再度精神崩溃，曾要求她回家居住，但为她所拒："我一旦开始了奔跑，就不会停下来；我这一辈子都要听到特德的消息，他的成功，他的才赋。"在最后的几个月里，她梦见"伦敦的沙龙，我是那儿著名的女诗人"。她不接受母亲帮助还有另一个原因，她曾告诉母亲："有段时间我没有勇气见你。在我获致新生活以前，我再也无法面对你。"休斯在他后来出版的书信集中提到普拉斯当时的心态："她坚持离婚。她高傲的敌视和恨意以及伤人的举动只是想表达：若我不回她身边，她就活不下去。我很清楚，她是那种爱你越深就伤你越深的人。"

休斯离去后，普拉斯与绝望、病痛为伍，忧郁症隐隐浮动，她的创作动力却源源不绝。身心越是痛苦，她的创作能量反而更显丰沛；自毁欲望越是蠢动，自指尖流泻出的文字反而更显激越、清澄。她的写作时间多半在凌晨四点，在白日与黑夜交接的安静时刻，在"公鸡啼叫之前，婴孩啼哭之前，送牛奶人置放瓶罐发出玻璃音乐之前的静止、清蓝、几近永恒的时刻"，那是一段她可以不受生活现实钳制、搅扰的纯真又自在的时刻。不到两个月的时间，她写了四十多首诗，以宣泄心中饱和的情感。二十多首她称之为"十月诗作"的诗就写成于这段时间，譬如《拉撒路夫人》《爹地》《高热一〇三度》《深闺之帘》《精灵》，以及《蜂箱的到临》《蜂螫》等"蜜蜂组诗"。她将这些诗作投寄给杂志社，几乎都被退稿，但她仍持续写诗。在给母亲的一封信里，她写道："我是作家，我是有天赋的作家，我正在写一生中最好的诗歌，它们会让我成名。"英国诗作家和评论家艾佛瑞兹（Al Alvarez, 1929—2019）在听了普拉斯"着了魔"似的谈论自己写作的新动力后，推断她和休斯的婚姻问题不在于外遇事件或个性不合，反而是彼此之间强烈的相似性："当两个有企图心、多产又才华洋溢的全职诗人结为夫妻，其中一人每写出一首诗，对另一人而言，仿佛自己的脑子一点一点被掏空。对创造力旺盛的心灵而言，缪斯对你的不忠远比配偶因外在诱惑背叛你更难以忍受。"

一九六二年十二月，她带着孩子搬进伦敦的一套公寓（叶芝曾居住于此），聘雇了钟点工帮忙料理家务，试图展开新的生活，却不幸遇到英国一百五十年以来最寒冷的冬天，水管冻裂，大雪封路，能源短缺，经济拮据，精神苦闷，让普拉斯的忧郁症更形恶化。她未能实践《过冬》（"蜜蜂组诗"的最后一首诗，也是她生前排定的诗集《精灵》的最后一首诗）诗末对自己的期许和对未来的愿景——"蜜蜂在飞翔。它们品尝春天"。一九六三年二月十一日清晨六点，她抛下睡梦中的两个幼儿，在自家住宅开瓦斯结束了自己的生命："她起身上楼，到孩子们的房间，在桌上放了一盘奶油面包和两杯牛奶，怕他们自起床后到打工女孩到来之前会觉得肚子饿。然后，她下楼，走进厨房，用毛巾尽可能地将门窗的缝隙封住，打开烤箱，将头伸了进去，打开瓦斯。"艾佛瑞兹在《野蛮的上帝：自杀的人文研究》一书中，如是描述普拉斯生命中最后的场景。

在普拉斯自杀前的两个星期，她的小说《钟瓶》（*The Bell Jar*, 1963）——或译《瓶中美人》——以维多利亚·卢卡斯（Victoria Lucas）的笔名出版。这部半自传体小说可说是普拉斯青春时期精神崩溃的残酷记录，她以自身的生活经验为蓝本，深入刻画一名初入社会的女大学生爱瑟·葛林伍德（Esther Greenwood）在面对角色认同与生命抉择时内心的冲突、抑郁与挣扎，充满了女性自觉的反思。"钟瓶"（bell jar）原意是"钟形的玻璃罩或容器"，医院常用之存放胎儿标本，因此在这部小说里，"钟瓶"具有死亡的隐喻，瓶中一丝不挂、面无表情、令人惊惧的婴儿尸体象征生命的短暂、滞碍、束缚、扭曲。对普拉斯而言，世界像装满福尔马林的钟瓶，是一场噩梦，自己则像是被浸泡于酸腐、恶臭液体中的死婴，无法呼吸也难以逃脱。一如小说的主角爱瑟，普拉斯也努力地想挣脱出这样的钟瓶。《钟瓶》一书深入探讨黑暗痛苦的心灵层面，这在任何小说中都是罕见的。读完这部自传色彩浓厚的小说，更深入理解普拉斯敏感执着的个性，复杂多感的内心世界，以及她必须面对的社会现实之后，读者就不会狭隘地将她的自杀归咎于丈夫的背叛。

普拉斯和休斯的爱恨纠葛并未随她的去世而画上句点。休斯仿佛受到诅咒般，始终困锁于背叛的骂名与妻子自杀的梦魇中，至死都不得解脱。一九六九年，他的外遇对象阿西娅带着她与休斯所生的两岁稚女，采取与普拉斯同样的方式（开瓦斯）自杀身亡。他与普拉斯所生的儿子，在美国阿拉斯加担任大学水产学与海洋科学教授的尼古拉斯，也于二〇〇九年（四十七岁时）在家上吊身亡。此外，休斯还做了两件让读者和学者质疑、批判其动机的事情——擅自调整诗集《精灵》的内容和诗作顺序，改变了诗集原本的基调（让"蜕变再生"变成了"自我毁灭"），并且以"不想让孩子们读到"为由销毁了普拉斯生前最后三个月所写的日记，还声称一九五九年晚期到一九六二年秋天（《精灵》写作关键期）普拉斯所写的日记"失踪"了。面对外界（包含女性主义者）的诽谤和挞伐，休斯从不辩解。一九九八年，他于死前数月出版了诗集《生日信函》(*Birthday Letters*)，诗集中的八十八首诗是他自一九六三年以来每逢普拉斯生日写给普拉斯的八十八封信，以虚拟的手法与亡妻对话，回忆两人过往的点滴，抒发心中的爱意、歉疚与哀伤："你的鬼魂与我的身影密不可分"；"原意不是为了伤害／只为留存快乐的回忆"。他俩因诗歌结缘，他或许希望也能借由诗歌和解。

女儿弗莉达为普拉斯亲订版《精灵》写序

普拉斯生前出版的诗集有《巨神像及其他诗作》，死后由她的丈夫休斯编选出版的诗集有：一九六五年，英国版《精灵》(*Ariel*)；一九六六年，美国版《精灵》；一九七一年，《渡河》(*Crossing the Water*)

和《冬树》(*Winter Trees*);一九八一年,《普拉斯诗合集》(*Sylvia Plath: Collected Poems*),收录普拉斯一九五六至一九六三年间所写的二百二十四首诗作,并且选附其五十首少作(Juvenilia)。一九八二年,普拉斯以这本诗合集成为首位死后获颁普利策奖的诗人。

我们翻译的这本完整版《精灵》,所收诗作包括两部分:一、"普拉斯亲订本"四十一首;二、"休斯编辑本选入诗"十四首。第一部分以二〇〇四年出版、普拉斯女儿弗莉达写序的"还原版"《精灵》(*Ariel: The Restored Edition*)一书为本,其中收录的四十一首诗作全都是普拉斯生前所选定,诗作中译也悉依普拉斯生前排定的顺序付印。普拉斯在手稿目录倒数第二首诗《蜂群》标题前后加上括号,"还原版"《精灵》因此以附录的方式将之列于书后。这是普拉斯自杀前的最后遗稿,搁放在书桌上的黑色弹簧活页夹内,原稿的首页清楚地打出书名:《精灵及其他诗作》(*Ariel and other poems*)。这本诗集以"爱"(love)字开头(第一首诗《晨歌》的第一个字),以"春天"(spring)结尾(最后一首诗《过冬》的最后一个字),普拉斯似乎有意借此告诉读者此书涵盖了她从婚姻破裂前到最后决定展开新生的心灵状态,充斥其间的则是绝望、苦痛、抑郁、嫉妒、焦躁、怨恨、愤怒、复仇、嘲讽、无助等诸多复杂情绪交错的情感层面。

在普拉斯亲订本《精灵》里，有一些诗作颇为赤裸地呈现出普拉斯内心底层最私密、幽微的情感和情绪，她以极残酷、恶毒的意象、字眼或语调，影射她的丈夫，她的母亲，她的父亲，她丈夫的情妇，她丈夫的叔叔，她的邻居，以及她熟识的友人。这也是为什么当初休斯在编选《精灵》时会将下列十多首"具有个人针对性"的诗作抽换掉：《捕兔器》《沙利度胺》《不孕的女人》《一个秘密》《狱卒》《侦探》《莱斯沃斯岛》《另一个人》《戛然而逝》《闭嘴的勇气》《深闺之帘》《失忆症患者》。休斯另外补进了普拉斯其他一些诗作，即是我们译的此本完整版《精灵》第二部分"休斯编辑本选入诗"中的十四首。

弗莉达说她的母亲之所以挖掘这不堪的一切，其实是为了摆脱过去，以便继续生活。这本诗集的出版虽让她的父亲特德·休斯受到的诽谤加剧，但是弗莉达认为它具有另一层象征意味——她找回了对母亲的拥有权。弗莉达对后人曲解其母亲之生平和作品颇不以为然："这好比她诗歌能量的黏土被占据之后，再以之捏制出对我母亲的不同说法，捏造者捏造的目的只为了投射自己的想法，他们仿佛以为可以占有我真真正正的母亲，一个在他们心中已然失去自我原貌的女人。我看到《拉撒路夫人》和《爹地》这样的诗一次又一次地被剖析，我母亲写作它们的当下被套用到她整个人生，整个个体，仿佛它们是她所有经验的总和。"弗莉达不希望后人以颁奖的方式来纪念她母亲的死，她希望人们歌赞她"生"的事实：曾经存在，曾经竭尽所能地生活，曾经快乐和悲伤，苦恼和狂喜，曾经生下她和她的弟弟。弗莉达说她的母亲在写作时，是独特非凡的，在与纠缠其一生的忧郁症奋战时，是勇敢的；她将每一个情感经验当作可以拼凑成一件华服的小布块，丝毫不浪费任何一点她的感觉，在能够驾驭这些混乱骚动的情感时，她就能将她惊人的诗的能量发挥到极致。弗莉达认为《精灵》一书是非凡的成就，她母亲在一触即发的情感状态和悬崖峭壁的边缘力求平衡，她追求的绝非"坠落"的艺术。这些诗是她母亲在情感遭受巨大骚乱期间的所感所思，是她母亲试图驾驭、平衡自我内在力量的成果，《精灵》之诗有权为自己发声。

有趣的是，弗莉达说她在三十五岁之前从未读过其父母亲的诗作（除了几首父亲写的童诗）。她刻意拒绝阅读，一方面因为也写诗的她不想受到父母亲诗风的影响，一方面自然因为心中存在的阴影。一直到答应为"还原版"《精灵》写序，她方鼓起勇气，进入母亲的诗歌与生命内层，与母亲重新对话。

阅读《精灵》

《精灵》之诗风格独具,技巧纯熟,忧郁的气质和哀愁的情调弥漫其间。普拉斯写自我感官与情感的体验,写亲子之情,写母女关系,写父女情结,写女性自觉,写诸多复杂情绪交错的内心世界。她晚期的作品有许多是在一种极端神经质和创作力旺盛的情况下写成的,意象一个接着一个涌现,满溢的情绪以极强的力道释出,两大主题——恐怖且难以驾驭的人性经验,傀儡似无意义的人际关系——左右着她的想象。她曾这样形容自己晚期的诗:"瘦瘦长长的,像我自己一样。"当然,绝不仅止于形体上的相像,这些诗是普拉斯企图反击并超越那些萦绕其心的许多感情郁结的记录;我们可以说她的作品往往是一个小小的寓言,她企图透过寓言的建立来超越原来的处境或心境,正如艾佛瑞兹所说:"这种秩序的诗作是残酷的艺术。"半世纪以来,她的诗名和作品被人们渲染上几分传奇的色彩,如果普拉斯活得久些,诗艺是否会更上一层楼,谁也没法预言,因为她的诗作似乎和死亡是密不可分的。由于她是近代作家,当初论者以为还无法腾出时间的距离来评估她在文学史上的最终地位,她诗中过于狂烈、过于内塑的语调是否对后代读者也具有同样的冲击力,似乎也仍待时间来裁定,但现在大家都同意,她在二十世纪诗坛已确然占有一席重要位置,其秀异、独特一如她的前辈女诗人,十九世纪的狄金森(Emily Dickinson, 1830—1886)。

女性角色与自我价值的反思

在男性主宰的六十年代社会,有自觉的女性往往在爱情、婚姻、家庭,和个人兴趣、事业之间摆荡,面临自我迷失与身份认同的困境,身为女性诗人,普拉斯对女性在传统社会和现实生活中所扮演的角色表达出相当程度的关注。在《申请人》一诗中,她以婚姻介绍所为背景,让介绍所的主管以推销员之口吻带动全诗的发展,呈现出女性在传统社会和婚姻关系中自我和精神价值的丧失。介绍所主管代表着传统社会的声音。第一句话:"首先,你符合我们的条件吗?"就点出了女性的处境——社会要求每个女人与社会规范妥协,要求她们埋藏起个人特质,成为同一规格的"集体产物"。介绍人把婚姻的价值建筑在物质条件上,认为娶妻如购买适用的物品,你需要的只是一只端茶杯的手,一件还算合身的衣服,一部会缝纫、烹调的机器,一贴疗伤的膏药,一个唯命是从、不会抱怨的玩偶,一张价值与时俱进的白纸,或者一个任凭男人差遣的工具,而不是一个有血有泪、有自我意识的女人，一个具有个性特质、感情与人性尊严的个体。你需要的不是"她"，而是"它"。透过说话者之口，普拉斯以迂回却犀利的方式嘲讽"将女性物化"的传统价值观，以女性主义勇者之姿对传统提出抗议。

在《深闺之帘》一诗中，普拉斯假借印度或伊斯兰教地区隐藏在深闺之帘背后或遮脸面纱之下的女子之口，道出男权宰制的传统制度下女性的悲哀。她的脸被遮住了，表达内心情感的脸部表情被隐藏起来，自我的特质被迫抹消，只能"像镜子一般发出幽微之光"，她的存在只为反射或彰显他人（尤其是她称之为"众镜之主宰"的丈夫）的存在："我属于他。／即便他∥不在，我／依然在我那充斥不可能的／剑鞘里自转，∥在这些长尾小鹦鹉，金刚鹦鹉之间／我无价且无言。"深闺之帘幕或遮脸之纱罩无疑是禁锢和自我否定的象征，是女性受压抑的证据。在诗的后半段，受压抑的情绪逐渐引爆（"我将释出……"的句法四度出现），纱罩底下带着"谜样的"微笑的女子不愿再被当作"佩戴首饰的小玩偶"，不愿再隐忍，她将释放出久藏心中的"那头母狮，／浴缸中的尖叫，／满是破洞的斗篷"，反噬男权至上的传统，或反弑丈夫——男性霸权的执行者。

标题诗《精灵》（"Ariel"）写于普拉斯最后一个生日当天。普拉斯在BBC（英国广播公司）朗读诗作时，为此诗所做的注解极其简短："另一首骑在马背上的诗。诗题'精灵'，是我特别喜爱的一匹马的名字。"因此，此诗的第一层意涵是：普拉斯描述在天色犹昏暗的凌晨骑乘 Ariel 迎接日出的身心体验，但是 Ariel 一词的多重意涵让此诗的诠释角度更形多样。从文学典故的角度来看，Ariel 为莎士比亚《暴风雨》一剧中火与大气之精灵，原先被禁锢于荒岛上，后来被落难的国王普洛斯彼罗（Prospero）征服，成为仆役，供其差遣。为了自身的解放，Ariel 兴风作浪，帮助国王夺回权力，重获自由。Ariel 此一认命却渴望自由的象征，正是普拉斯的内心写照。从另一角度，Ariel 在希伯来文解作"神的雌狮"，暗示出普拉斯冀望的身份：拥有神奇威力的女性。从传记学的角度，普拉斯在死前最后几个月的例行生活仪式几乎是：凌晨三四点起床写作至小孩睡醒，然后开始照料小孩、处理家庭杂务。在阴暗的凌晨到天亮这段时间，她可以不受现实生活搅扰，可以剥除日常杂务，专注地拥抱诗人的身份。此刻的她仿佛骑在马背上，与马"合而为一"，冲破"黑暗中的壅滞"，让无以名之的另一事物牵引着她穿越大气，像裸身骑着白马穿街而过戈黛娃，层层剥除"腿股，毛发；/自脚跟落下的薄片"，"僵死的手，僵死的严厉束缚"，从肉体层面进入饱满的心灵状态："现在我／泡沫激涌成麦，众海闪烁"。在整首诗里，普拉斯将"找回被烦琐生活磨蚀掉的纯粹的创作喜悦"的内在意念暗藏于"骑马快意奔驰"的外在动作,于是"夜间骑马"成了进行自我追寻和女性自觉的隐喻。天亮了,孩子睡醒后哭泣,她必须回到她无法剥除的生命角色。但是在回到现实之前,她仍想紧紧抓住、尽情享受这最后一刻短暂的自我解放:"我/是一支箭,//是飞溅的露珠/自杀一般,随着那股驱力一同/进入红色的//眼睛,那早晨的大汽锅"。太阳升起,露珠会消逝;孩子醒了,独力抚养孩子的普拉斯必须自诗人的身份抽离。如何在女性自觉与生活现实的拉锯下安顿身心,是上天给予她的一道生命难题,《精灵》这首诗——如同《精灵》诗集里的许多诗作——是她试图解题的例证。

写给孩子

普拉斯喜欢在诗作里探讨或抒发自我和某一感知对象(或内在或外在)的关系,而从中获得宣泄或启迪,如《格列佛》《美杜莎》《晨歌》《夜舞》《你是》。英国诗人、学者霍尔布鲁克(David Holbrook)曾说若想探触普拉斯世界的精华,可从她的《你是》这首诗着手。此诗写于女儿弗莉达出生前数星期,充满了愉悦的期待;母亲等待着新生命的脸庞呈现——尚未具有脸形的生命："一块洁净的石板，映着你自己的脸庞"。这块石板将会拥有它自己的脸庞，至于它将成为哪一种生命，就得视其个别差异性而定了：待产的婴儿是隆起的"小面包"，是被期盼的邮件，是"一篓鳗鱼，满是涟漪"——它可能以任何形态出现，它未知的内涵和喜悦是相连的。它与死亡对立，期望诞生，存在，延续生命，"很自然地／无意与绝种的巨鸟为伍……"。从象征意义来看，她的诗作和小说《钟瓶》中的婴儿并非存在于世上，而是从未诞生、存在于个人内部之精神上的婴儿。

一对儿女在普拉斯生命中占有十分重要的位置，他们虽然不足以驱走存在于现实生活中的忧郁和痛苦，但绝对是她喜悦的重要源头，是她生命灰暗期的重要发光体。在《尼克与烛台》一诗中，普拉斯以矿工自喻，心情郁卒有如身处幽暗矿坑，被"黑蝙蝠的氛围"笼罩着，鹅黄的烛火照射下儿子是"唯一／可让空间钦羡而倚靠的实体"，是"马棚里的婴孩"，她甚至在睡梦中忆起胎儿在子宫里的美丽睡姿："你交叉的姿势。／血在你体内∥绽放洁净之花，红宝石"。孩子为她地狱般的生活散发出圣洁的光辉和美，"那或许无法隔绝俗世之烦忧，对她却具有救赎的能量"，普拉斯曾为此诗写下这样的注解。

然而，普拉斯是不相信永恒的。在《晨歌》一诗中，她用亲切的口吻描写初为人母的喜悦，继而探讨生命的起落。初生之儿正像一日之晨,是一座"新的雕像",但是他的到来先是带给普拉斯满心的喜悦("爱使你走动像一只肥胖的金表"),随后却是某种隐含恐惧的惶惑:"你的赤裸/遮蔽我们的安全。我们石墙般茫然站立",她甚至不愿意认同自己新的身份,和孩子之间存在某种隔阂或陌生感:

> 我不是你的母亲
> 一如乌云洒下一面镜子映照自己缓缓
> 消逝于风的摆布。
>
> 整个晚上你蛾般的呼吸
> 扑烁于全然粉红的玫瑰花间。我醒来听着:
> 远方的潮汐在耳中涌动。

乌云洒下雨水而后消失,隐喻生命之短暂易逝;乌云洒下的雨水如镜,映照自己逐渐消失的影像,暗示出普拉斯担心人母的角色会让她的自我价值丧失。全诗的时间由黑夜写到黎明,正象征大自然生命不断地更新。虽然诗中不时闪现"茫然""消逝""扑烁"等不确定的字眼,普拉斯仍抱持喜乐的心情迎接新生命和新的生命角色:"现在你试唱/满手的音符;/清晰的母音升起一如气球"。

在另一首为儿子而作的《夜舞》里,普拉斯如此描述其幼儿夜间在婴儿床上之手舞足蹈："如此纯粹的跳跃和盘旋——／毫无疑问地它们永远∥悠游于世……∥你细微的呼吸，你的睡眠散发的／浸透的绿草香，百合，百合……"。母亲本该抓住这些姿态，而它们似乎在母亲领收之前就已溶散：

> 所以你的手势一片片落下——
>
> 温暖而人性，它们粉红的光接着
> 淌血，剥落
>
> 穿过天国黑色的失忆症。

这里，母亲感觉得出自己从孩子那里得到了许多温暖，但不敢确定自己是否有能力接受并应答这些手势。孩子展现的清朗微笑和姿态停留在她生存的外围，好比雪片飘落肌肤之上，轻触即融化。这首诗以令人心悸的字眼"无处可寻"作结，此刻，普拉斯注视儿子的目光是慈蔼中带着黑色的阴郁。

写给丈夫，父亲，母亲，情敌……

在许多诗作里，她挖掘最深刻的内心世界，使作品成为令人动容或心疼的自剖图或自画像。她写出多首影射丈夫外遇事件的诗作，以抒发内心的苦痛，譬如《侦探》《一个秘密》《另一个人》《失忆症患者》。虽然有时语调难掩激动，近乎呐喊，但多半时候普拉斯还是注重诗艺的，透过意象和技巧赋予诗作更宽广的诠释空间。在《捕兔器》中，她以捕兔器与兔子之间的微妙关系，暗喻夫妻或情人之间爱恨交织的对峙关系：

> 它们如此痴情等候他，那些小死亡！
> 像情人一样等候着。让他兴奋。
>
> 而我们也存在一种关系——
> 中间隔着拉紧的铁丝，
> 钉得太深拔不出的木桩，指环似的心思
> 滑动，紧锁住某个敏捷的东西，
> 这一束紧，把我也杀死了。

在《狱卒》一诗中，她以狱卒和囚犯的关系，暗喻互相伤害（"我已被下药，强奸。／七个钟头将我从健全的心智／击入一个黑麻袋"）又互相依存（"黑暗要怎么办／若无高烧可食？／光线要怎么办／若无眼睛可刺杀，他要怎么／怎么，怎么办，若是没有我。"）的夫妻关系。讽刺的是，施以酷刑的狱卒看似强势的加害者,在饱受酷刑的受害者(说话者)眼里,却是仰仗她维持其角色、身份和威严的弱势者。这样的观点显示出普拉斯不服输的性格。《闭嘴的勇气》一诗以这样的诗句作结:"它们的死亡光芒被折叠,有如/某个被遗忘之国的旗帜,/一个在群山间宣告破产的/顽强独立国",传神地勾勒出普拉斯孤寂但倔强的心境。

在《爹地》一诗中,她点描出她与父亲的关系(父亲的死亡和德国血统是左右此类情感经验的一大因素),宣泄久藏心中的情绪。全诗以一名具有恋父情结之女孩的口吻来叙述,父亲被描写成了法西斯主义者:

> 我始终畏惧你,
> 你的德国空军,你的德国腔调。
> 你整齐的短髭,
> 和你印欧语族的眼睛,明澈的蓝。
> 装甲队员,装甲队员,啊你——
>
> 不是上帝,只是个卐字
> 如此黝黑,就是天空也无法穿过。
> 每一个女人都崇拜法西斯主义者,
> 长靴踩在脸上,畜生
> 如你,兽性兽性的心。

却把自己写成遭受迫害的犹太人：

一个被送往达豪，奥斯维辛，贝尔森的犹太人。
我开始像犹太人那样说话。
我想我有足够的理由成为犹太人。

两者的关系处于一强一弱、一压迫一抗拒的局面，这层意象一方面很适当地表达出爱/恨的矛盾关系，另一方面也影射了历史上纳粹的压迫。另外值得一提的是，这首诗使用儿歌的韵和节奏，以一个韵直押到底（可惜因语言差异，中译未能忠实呈现），用以强调诗中这女孩心理上的未成熟，以及她在此关系中所处的附庸地位。普拉斯很可能借此暗示我们诗中的悲剧性：整首诗虽然是想借感情的记载来超越此一"可怖的小寓言"（套用艾佛瑞兹的话），然而这萦绕的噩梦并没有得以蜕除，诗中人物在心理上仍活在童年期，所受的创伤或许永远无法抹掉。在第十六节，普拉斯写道："如果我已杀一人，我等于杀了两个——/那吸血鬼说他就是你/并且啜饮我的血已一年，/实际是七年，如果你真想知道"，这另一个人指的是与她结婚七年的丈夫；普拉斯在此将失去父亲的痛和失去丈夫的痛平行并置。普拉斯借此赋予"父亲"一词多重隐喻，它指称死去的父亲、背叛的丈夫，也影射父权体制，而普拉斯所对应的角色则是受创的女儿、忧愤的妻子，和困顿的女性。

虽然有女权运动者将普拉斯视为男性霸权下受压抑的牺牲品，或者以死亡摆脱男性霸权的孤寂勇者，但是从她的诗作中，我们发现普拉斯对其现实生活中的女性也存有不满和怨恨。母亲理当是与她最亲近的女性，然而她家书中的母亲和她作品中的母亲判若两人，她对母亲的情感似乎充满了矛盾。在信中，她的母亲是辛勤付出让女儿幸福、感激的伟大女性："你是世上最好的妈妈，我希望能把更多的桂冠铺放在你的脚边"；在作品中，有着强烈操控欲望的母亲却是造成她个性压抑、幻想破灭的元凶之一。在《钟瓶》这部小说里，她如此描写故事主角母亲的睡态："发卷在头上闪烁，像一排小小的军刀"；在《美杜莎》一诗中，她以希腊神话的蛇发女妖暗喻母亲——一个严密监控、让她窒息的人，她亟欲逃脱却难以割离。在这首诗里，母亲是"纠葛如藤壶的老脐带，大西洋电缆，/似乎让自己维持在一种神奇修复的状态"，是"肥厚又鲜红，令活蹦乱跳的/恋人们瘫痪的一只胎盘"，是"眼镜蛇的光/将气息压挤出晚樱科植物的/血色钟形花"，让她"吸不到任何空气，/身亡，一文不名，//过度暴露，像X光"，是"令人毛骨悚然的梵蒂冈"，她希望她们之间毫无瓜葛。

普拉斯与休斯的姐姐欧尔温（Olwyn）关系并不和睦。普拉斯不喜欢欧尔温，在写给母亲的书信中从未提及此人；欧尔温也不喜欢普拉斯，她曾对一名传记作者说普拉斯具备"恐怖分子的特质"。欧尔温在某次与普拉斯争吵过后，两人未再见面。讽刺的是，休斯后来将普拉斯的遗产管理权交给了欧尔温，普拉斯的母亲认为这形同将其作品"穿上了寿衣"，普拉斯若地下有知，定会十分恼怒。

休斯的外遇对象阿西娅当然更是普拉斯文字箭矢投射的目标，《莱斯沃斯岛》即是针对阿西娅所写的诗作。她以极其尖锐、狠毒、情绪化的字眼，把阿西娅形塑成心理变态的刽子手或食人魔："你说我该溺毙小猫。它们太难闻了！／你说我该溺毙我女儿。／如果她两岁发疯，十岁就会割喉。／那婴孩，胖蜗牛，自／橙色油毡制的晶亮菱形窗微笑。／你可以吃他。他是个男孩。"幸好普拉斯未因嫉愤而忘却创作美学，整首诗除了发泄情绪之外，也勾勒出两个似乎同病相怜的女人（另类的同性恋者）充满敌意却又无法割离的密切又矛盾的关系：

> 你有一个婴儿，我有两个。
> 我应该坐在康沃尔外的岩石上梳头发。
> 我应该穿虎纹裤，应该搞一次外遇。

我们真该在来生相遇，应该在空中邂逅，
我和你。

同一时间传来油脂与婴儿大便的臭味。
上一颗安眠药让我麻木而迟钝。
烧菜的油烟，地狱的烟雾
让我们的头飘浮，两个心怀恨意的死对头，
我们的骨头，我们的头发。

《对手》一诗传诵颇广，有人说是针对普拉斯之母写的，有人说针对情敌，或欧尔温。反复读之，读者应该会同意这首诗精练、生动地传递出这对夫妻诗人互怨互斥又互相怜惜、互为写作"对手"的微妙情境：

如果月亮微笑，她会跟你很像。
你给人的印象和月亮一样，
美丽，但具毁灭性。
你俩都是出色的借光者。
她的 O 形嘴为世界哀伤，你的却不为所动，

你最大的天赋是点万物成石。
我醒来身在陵墓；你在这里，
手指轻叩大理石桌，想找香烟，

恶毒如女人，只是没那么神经质，
死命地想说些让人无言以对的话。

月亮也贬抑她的子民，
但白天时她却荒诞可笑。
而另一方面，你的怨怼
总经由诸多邮件深情地定期送达，
白色，空茫，扩散如一氧化碳。

没有一天可以不受你的消息干扰，
你或许人在非洲漫游，心却想着我。

死亡之诗

在《榆树》一诗中，感染荷兰榆树病（树皮受真菌感染导致枝叶逐渐枯黄落尽）的榆树成了她的内心写照。被病毒逐渐吞噬的榆树，恰似她被忧郁或情伤所困的心灵。爱是一抹阴影，她在其背后哭喊；是远离的马蹄声，她苦苦追赶。整晚狂烈地奔驰，"直到你的头成为石块，你的枕成一方小赛马场"；有着飘散而过的云朵的脸庞，暗藏嗞嗞作响的"蛇阴的酸液"。对爱情的执着，让她饱受折磨，"萎缩而扁平，像经历了剧烈的手术"，而她心中的呐喊仍"每晚鼓翼而出/用它的钓钩,去寻找值得爱的事物"。但是有个"黑暗的东西"就睡在她的体内,她"整天都感觉到它轻柔如羽的翻动,它的憎恶",这让她害怕,因为她知道它会麻木意志,"足可置人于死,死,死"。这首诗写出她对爱情的幻灭与渴望,对生命的无奈与困惑,我们看到生和死的意念在此进行文字拔河和辩证。

三十一岁自杀身亡的普拉斯有过三次濒死的经验:第一次发生在她十岁那年,"那是意外事件";在二十岁那年,企图吞安眠药自杀;在三十岁那年,曾驾车驶离道路,冲进一座老旧飞机场(普拉斯曾向艾佛瑞兹坦承那次车祸并非意外,而是故意寻死未果)。她说她之所以能够如此自在地书写自己自杀的行为,是因为这一切已成过去。在那次车祸中,她从死神手中溜走,逃过一劫,她自嘲那是她每十年必经的一次命运。在《拉撒路夫人》一诗中,普拉斯借一名假想女子的死而复生(和《圣经》中的拉撒路一样)来叙述自杀的冲动和死亡的经验:

> 我又做了一次。
>
> 每十年当中有一年
>
> 我要安排此事——

全诗为一种不祥、巫术般阴郁神奇的气氛所笼罩:"像猫一样可死九次","我使它给人地狱一般的感受","从灰烬中／我披着红发升起／像呼吸空气般地吞噬男人"——这样的字句不但表达出死亡的恐怖和迷人,也传达给读者一种以企图自杀作为关注自我的戏剧性。

> 死去
> 是一种艺术,和其他事情一样。
> 我尤其善于此道。

她把死亡提升到艺术的层次,这是一般人无法体会到的。他们以观看一幕闹剧或脱衣舞的心情("嗑花生米"的观众!)前来观看,而诗中人则像推销专利品似的现身解说此种艺术;现实生活中为人们畏惧排斥的死亡,被普拉斯以一种嘲讽的轻松语调说出,主题和语调上的差距形成了某种张力。我们对普拉斯企图超越苦痛所表现出来的勇气和客观感到赞佩。普拉斯还在诗中穿插了对纳粹集中营的影射以及集中营里医生对死亡的观点,来丰富全诗的含义,增加诗的深广度。她把医生描写成珠宝商人,把自杀身亡的病人视为自己的财产,展示供人观赏以获利;甚至在尸体焚化之后,还翻搅炉中的灰烬想找寻值钱之物。这影射了集中营内对人性尊严的抹杀(在第二诗节里的"我的皮肤／明亮如纳粹的灯罩"即暗指集中营内纳粹军官用人皮做成的灯罩）。这首诗以个人（一个三十岁女人）的死亡为经，以集中营之集体死亡为纬，交织成一首令人心悸又心动的诗。

在BBC朗读诗作时，她曾为这首诗写下简短的注解："此诗的题目是《拉撒路夫人》。说话者是一名具有厉害又恐怖的再生天赋的女子。问题是，她得先死去才行。你可以说她是凤凰，自由意志的灵魂；她同时也只不过是个善良、平实、足智多谋的女人。"对于普拉斯的自杀，艾佛瑞兹有精辟的看法："不论在生活或者诗作，西尔维娅的表现都具有一致性，既不歇斯底里，也不寻求同情。她谈论自杀时，就像她谈论其他具有危险性、挑战性的活动一样，语气是急迫，甚至激烈的，毫无自怜的成分。她似乎把死亡视为一场她能再度克服的肉体挑战。这样的经验和她自学骑乘Ariel或在剑桥大学念书期间试图驾驭一匹脱缰野马的经验，具有共通的特质，也和她的小说《钟瓶》里最精彩的一段——不知如何滑雪却沿着坡道疾速下滑——这样的生活经验是一样的。总之，对她而言，自杀并非自昏迷逐渐走向死亡，亦非一种'在午夜里无痛了断'的意图；它是某个必须在神经末梢尖锐地被立即感应并加以抗拒的东西，它像是入会仪式的洗礼，可使她有资格真正拥有自己的生命。没有人了解童年时期父亲的过世对西尔维娅的打击有多大。而这么多年来，伤痛已经被转化成'成年意味着成为受难的生还者'的信念。因此死亡对她而言，是每十年就要偿还一次的债：为了要'活着'长大成为一个女人，一位母亲，一名诗人，她必须以'她的生命'作为代价，用某种偏颇与不可思议的方式清偿债务。"普拉斯其实并非真的想死，自杀前曾在纸条上写下霍德医生的电话，并注明："请打电话给霍德医生。"她原本只想布置一次未遂的自杀，就像诗中的说话者（拉撒路夫人）一样，进行一场死而复生的仪式，却不幸弄假成真。

普拉斯之所以自杀，或许不是厌世寻死之举，而是为了想活下去而发出的求救讯号。细读她的诗作，我们可以发现隐藏在痛苦缝隙间的生之欲望，《郁金香》一诗即是一例。动过手术在医院静养的普拉斯把安静的病房想象成死亡之海，她的身体是"一块卵石"，是"一艘船龄三十年的货船"，她想象自己逐渐沉没，舍弃一切世俗包袱，连同自我和一切"与爱相关的联结"，变得像修女一样纯洁，了无挂碍。然而，死亡的意念被友人送来的郁金香给打断、化解了。色泽鲜艳的郁金香是生命力与活力的象征："即便隔着包装纸我仍听得见它们的呼吸声"，"它们的红艳与我的伤口交谈，伤口回应着"，扰乱了她原本死寂的心境，撩拨起她的生之欲：

郁金香应该像危险动物一样关进笼子里；
它们开放，像非洲大猫张大了嘴，
这让我察觉我心的存在：它钵状的红花
开开阖阖，纯然是出于对我的爱。
我喝的水温温咸咸的，像海洋，
来自和健康一样遥远的国度。

死亡之海最后蜕化为有温度、有味道的生之海洋，或许遥远，但确实存在。在《到彼方》的诗末，她写道：

车厢晃动，它们是摇篮。
而我，步出这层裹着
旧绷带，旧烦厌与旧脸孔的皮肤，

步出忘川的黑色车厢，走向你，
纯洁如婴儿。

她是多么企盼脱离过去，展开全新的未来！不幸的是，她却天真地以为她所渴望的新生可以借由死亡失而复得，她的《生日礼物》以下列诗句作结：

就揭下那层面纱，面纱，面纱吧。
倘若是死亡，

我会赞赏其深沉的庄严,永恒的眼睛。
我会知道你是认真的。

到时就会出现一种高贵,就会有一次生日。
刀子就不会是用来切开肉的,而是参与,

纯净如婴儿的啼声,
而宇宙自我身旁悄悄溜走。

死亡让她"纯净如婴儿"(这类的意念在她诗作数次出现)。对她而言,自杀不是结束生命,而是她重生的手段,生命的洗礼,另类的生日礼物。

在《高热一〇三度》里,普拉斯似乎以一名娼妓对"纯洁"和"爱"的幻灭来替这人世间的两大美德下注解(这幻灭不正或多或少代表了普拉斯对爱的失望?)。她始终被那黄色、阴郁、低层的"爱的烟雾"所造成的"罪恶"裹卷着,发烧到华氏一〇三度实际上是由内心不洁净之感所引发的,一直要等到她借着身体的高热来摆脱一切不纯洁的感觉,她才感受到升华的喜悦;其实这精神上的飞升极可能只是高热的晕眩所形成的错觉,而普拉斯运用了并置的手法,把这两种高热合而为一,造就成净化的意象。在BBC朗读诗作时,普拉斯为此诗作了如下的注解:"这首诗讲述两种火——让人痛苦的地狱之火,以及让人纯净的天堂之火。随着诗作的开展,第一种火在饱经折磨之后,提升为第二种火"。与休斯分居后,普拉斯曾数度感冒高烧不退,若说此诗是普拉斯的自我期许——期待自己如浴火凤凰,在经过情伤之火燃烧后,淬炼出更坚韧成熟的性格——似乎也是合理的解读。

蜜蜂组诗

父亲是蜜蜂专家,自己也曾养过蜜蜂的普拉斯写出了不少以蜜蜂为题材的诗,五首"蜜蜂诗"在普拉斯生前被编排在《精灵》这本诗集的最末,作为压卷之作。在这组诗里,普拉斯在蜜蜂身上找到了绝佳的隐喻,探索自己与外在环境、家庭、文学创作的关系,剖析自己的生命情境和心境,企图为自己存在的价值找到新的定位。蜜蜂组诗始于夏天(第一首《养蜂集会》的时间背景为夏天),而终于冬天,展望春天(最后一首《过冬》的时间背景为冬天,以"蜜蜂在飞翔。它们品尝春天"作结),寓意深远。

普拉斯曾饲养一窝蜜蜂,也参与当地养蜂人协会的聚会,《养蜂集会》描述的即是她初次与会的体验:和养蜂的村民会合到山林"打开蜂箱,猎捕蜂后"。整首诗以问句开头，也以问句结束，中间穿插了十多个问句，显然企图融入群体之中的诗人是脆弱、惶惑不安且格格不入的："我身穿无袖夏季洋装，无护身之物，/而他们全都戴了手套和帽子，为何无人告知我？/……我赤裸如一根鸡脖子，我不讨人喜欢吗？"靠近蜜蜂时，心生恐惧的她幻想自己可伪装成植物，以逃过蜂螫："我现在是马利筋的穗须，蜂群察觉不到的"；"我若站立不动，它们会以为我是峨参"，一如希腊神话中的山林水泽女神达芙妮（Daphne）化身月桂树，以逃避阿波罗的骚扰。在她眼中，大自然危机四伏，周遭植物似乎都充满敌意：豆苗花黑暗阴沉，须茎卷拉起的谷筋像凝结的血块，花色腥红（scarlet），山楂（hawthorn）以恶臭迷醉自己的孩子。scarlet 和 hawthorn 两个词让人联想起十九世纪美国作家霍桑（Nathaniel Hawthorn, 1804—1864），以及他那部探讨人性的脆弱与黑暗的知名小说《红字》（*Scarlet Letter*），普拉斯或许有意借此暗示她当时的灰暗心境。为了保护老蜂后，养蜂人把未交配过的处女蜂移开，却不见老蜂后的踪影。诗末"树丛中那只白色长箱"和"全身发冷"的字眼，很难不让人联想到棺柩和死亡，诗人或许感叹自己正处身心空巢期（婚姻破裂，与丈夫分居，独自在异乡抚养两名幼儿），一如不见蜂后的空蜂巢。

在《蜂箱的到临》一诗中，意象的转换循着感情发展的逻辑,很有技巧地涵括了恐惧、怜悯、愤怒和亲切之情。整首诗充满"闭锁"或"受挫"的意象:"没有窗户……/只有一道小小的铁栅,没有出口","它黑暗,黑暗……/渺小,畏缩,等着外销"——这群蜜蜂的困境正是诗人郁积、受挫心境的写照。一大群蜜蜂被关在蜂盒里嘈杂不休,黑暗不可见,使普拉斯联想到一群"非洲奴工";无法理解的音节(暗喻内心深处的怒吼)使她想到一群"罗马暴民",而因此觉得自己正扮演着恺撒式的暴君角色。她是蜜蜂的主人,有权决定如何对待蜜蜂,一如她是婚变的当事人,有权决定如何处理此一事件。诗末两行"明天我将做个亲切的神,还它们自由//这个箱子只是暂时摆在这儿",普拉斯以"释放蜜蜂"暗喻想让事情曝光以释放内在压抑情感的强烈渴望。然而,如何释放蜜蜂而不被蜜蜂螫到,如何适当处理这难熬的人生困境,对普拉斯是一大考验。

《蜂螫》的写作灵感或许源自普拉斯在给母亲的信中提到的一个小插曲:在他们新建蜂房搬移蜂箱时,休斯被飞进头发的蜜蜂螫到了。普拉斯显然是带着恨意回望过往。他们之间的距离遥远:"他与我//之间隔着一千个干净的蜂巢"(两行之间分段,诗的形式暗示着鸿沟的存在);曾经被普拉斯"带着极度的爱意"当成杯子彩绘的蜂箱,此刻在她心里"甜美"光环尽失,她对自己当初的选择产生了怀疑:"孵巢灰暗，一如贝壳化石／令我恐惧，它们似乎很老。／我买的是什么？虫蛀的桃花心木箱吗？"甚至连休斯被蜂螫到都和背叛有所关联："蜂群识破了他，／如谎言般在他双唇上发霉，／让他的五官更形复杂"。在这首诗里，她以蜜蜂暗喻自己当时的处境。丈夫背叛她，她的位置被新的女人取代，她仿佛年老蜂后（"双翅是撕裂的披肩，长长的身体／被磨光了长毛绒——／既可怜又赤裸又无后仪，甚至丢人现眼"）；她操持家务，为生活奔波（"虽然多年来我吃尘土／用我浓密的头发擦干餐盘"——童话和《圣经》的典故），有如忙碌的工蜂（"我站在一列／／长着翅膀，平凡无奇的妇女纵队中，／采蜜的苦力"），但不甘于平凡、庸碌的角色（"我绝非苦力"），不愿与"这些只会忙进忙出，／关心的只是樱桃与苜蓿开花的消息的妇女"为伍。她虽幻想自己能够"掌控全局"，迎向新生（"我的制蜜机在这儿，／它不假思索便能运转，／开启，在春天，像一只勤劳的处女蜂"），内心却是认同老蜂后（"我／有个自我尚待寻回，一只蜂后"），心悬不见踪影的老蜂后（"她死了吗？还是在沉睡？／有着狮红之躯，玻璃之翼的／她上哪儿去啦？"）。她想象"此刻她正在飞翔／比以往更为可怕，红色／伤疤悬于空中，红色彗星／划过杀害她的引擎上方——／这陵墓，蜡铸的屋子"，这不正是她冀望从坟墓般的婚姻伤痛解脱的内心写照吗？她相信被处女蜂逐出的老蜂后仍然可以拥有"比以往更为可怕"的能量。

休斯将《蜂群》一诗纳入一九六六年美国版的《精灵》，但如前所述，普拉斯生前编排《精灵》一书手稿时在目录页此诗标题前后加了括号。这首诗虽然也以蜜蜂命名，也因蜜蜂而引发一连串联想，但其着眼点、企图心和思想格局似乎比其他四首蜜蜂诗更为深远，这或许是普拉斯对于应否将之纳入《精灵》一书举棋不定的原因。一九六二年十月，普拉斯在接受彼得·欧尔（Peter Orr）访谈时说："我不是一个历史学者，但是我发现自己对历史的着迷日益增加，现在所阅读的历史著述越来越多。目前，我对拿破仑特别感兴趣，对战役、战争、第一次世界大战……也很感兴趣，觉得随着年龄的增长，我越来越有历史感。当然，二十几岁时的我绝不是这样的。"《蜂群》一诗或许可视为普拉斯体现其历史观的作品。

在《蜂群》这首诗中，普拉斯将小镇生活的插曲（有人开枪射击蜂群）与著名的历史事件（拿破仑的故事）融合为一，让开枪的养蜂人和不断征战扩张势力的拿破仑产生某种对应关系，于是蜂群"掉落／瓦解，落入常春藤的树丛里"，被戴着石棉手套的人"击入歪斜的草帽"，犹如欧洲诸国落入拿破仑之手（"拿破仑大悦，他对一切都很满意"），欧洲霸权之于拿破仑，犹如"一吨重的蜂蜜"之于养蜂商人。然而胜利的背后阴影幢幢：拿破仑征俄失败（"双轮战车，骑从，伟大的皇军到此为止！"），接着反法盟军直驱巴黎，迫使他签订退位条约，流放到厄尔巴岛（"厄尔巴岛的隆肉驼在你短小的背上"），后来又在比利时滑铁卢被联军击溃，结束政治生涯，曾经创造历史的伟大荣耀，最终还是沦落到虚幻、苍凉的境地（"军官，上将，将军们白色的胸像/爬行着把自己嵌入神龛"）。同样地，微笑的商人看似风光的蜂/丰收背后，似乎也危机四伏："大如图钉的蜂螫"；"蜜蜂似乎具有荣誉的观念，/一种黑色、顽强的心智"。被击落的蜂群此刻似乎温驯，但无人能保证下一刻它们会如何，集体意志的力量是可以让情势逆转的。

《过冬》是普拉斯蜜蜂组诗的最后一首，也是她所排定的诗集《精灵》的最后一首。这首诗是普拉斯在困境中回望过去的心情记录：六罐蜂蜜不是甜的，反而像"酒窖里的六只猫眼"，阴沉可怖；蜂蜜罐所在的位置是"在无窗的黑暗中/在屋子的中心/紧临上一个租屋者腐臭的果酱/以及空洞闪光的瓶子——/某某先生的杜松子酒"——这些描述暗示出普拉斯对六年婚姻生活感到失望和心酸。面对外在与内在的双重酷寒（伦敦一百五十年来最冷的冬天，以及丈夫背叛的事实），普拉斯企图在蜜蜂（bee）

的身上寻找象征存在（be）的火光以"过冬"："对蜜蜂而言这是坚持的时节"；"它们围聚成球状，／与所有的白／对抗的黑色心智。／雪的微笑是白色的"；"蜜蜂都是女人，／……她们已摆脱男人，∥那些迟钝，笨拙的蹒跚者，那些乡下人"；"冬季是女人的季节"。她虽不是全然充满乐观的自信（"这群蜜蜂会存活下来吗？这些剑兰／能够将它们的火储存起来／迈入来年吗？／它们尝起来是何滋味？圣诞玫瑰吗？"），但对未来依旧抱持希望（"蜜蜂在飞翔。它们品尝春天"）。此刻，普拉斯相信自己，一如蜜蜂，是可以度过寒冬、拥抱春天的。

综观这五首每一诗节都是五行的"蜜蜂组诗"，我们发现普拉斯除了注重形式，善用意象，以蜜蜂隐喻自己的内心世界和外在处境，还融入了相当多的历史、文学、文化、神话、寓言的典故，展现出她企图让个人经验具有普遍性或象征意涵的创作野心。

留白的自白

《精灵》这本诗集是普拉斯的情感与心灵的记录，自我情境的反思，是她希望世人听见的强烈讯息，这和休斯认为的诗的功能不谋而合："所有艺术都是伤痕累累的人为的尝试；艺术是麻醉剂，是一种疗伤的过程"；"诗是我们寻找定位、尝试疗伤、化解苦恼此一繁复过程的表达工具"。在文学史上，普拉斯被归类为"自白派诗人"，以极具张力的文字揭露个人内心世界。罗伯特·洛威尔曾说：普拉斯写诗，就像"装上六发子弹，大玩俄罗斯轮盘"。我们看到普拉斯的多重身份在其间拉锯——充满温柔爱意的母亲，被嫉恨撕扯扭曲的妻子，有着恋父／弑父情结的女儿，在生活压力和创作欲望之间拉锯的作家……；我们看到了生命亮光与阴影在此交错，生与死的议题在此争辩；我们也看到了浓烈的情感与严谨的诗风在此力求平衡。一九六二年十月，在回答彼得·欧尔提问时，普拉斯曾说："我相信一个人应该要有能力控制并支配自己的经验，即便是疯狂、被折磨这类可怕的经验，而且一个人应当要有能力以一种明察聪颖之心支配这些经验。我认为个人经验是非常重要的，但是它当然不应该只成为一种封闭的盒子或揽镜自顾的自恋经验。"显然，她希望自己的诗作不是只狭隘地被定位成个人经验的再现或个人情绪的抒发，而是宏观地被赋予普遍性或象征性的意涵。

在接受访谈时，她总是以极低调的轻淡语言，谈论自己蕴含了尖锐思绪、丰沛能量、复杂意象和纯熟技巧的诗作。她希望让作品本身自行发声，邀请读者进入她的生活经验、内心世界和心情转折，亲身领受她借由文字所散发出的情感能量，以及直视问题、自我剖析的创作勇气。她"自白"，却从未松懈好诗该"留白"的艺术与技巧。虽然她的诗作往往循着情感的逻辑发展，许多字句不合日常语法，但是从她诗作的形式、语调、文字、意象、节奏、韵律、叙事的铺陈和氛围的营造，我们仍可感受到一种节制的放纵（或放纵的节制），一种迂回的坦率（或坦率的迂回）。倘若在她的文字迷宫里迷途，读者或许无须诉诸理性强作解读，不妨大声朗读（因为普拉斯曾说它们是"大声写出的诗"，为耳朵而作，非为眼睛而作），感受她的情感律动，想象她凝视生命时的韧性（或任性）眼神。

"休斯编辑本"选入诗略述

《精灵》首次出版时，是由休斯所编选（英国版于一九六五年出版，美国版于一九六六年出版）。休斯大致依循了普拉斯亲订本目录表上的顺序，不过英国版抽掉十三首，美国版抽掉了十二首。他为英国版另选了《雾中之羊》《悬吊的人》《小赋格》《年岁》《慕尼黑衣架模特儿》《图腾》《瘫痪者》《气球》《七月的罂粟花》《仁慈》《挫伤》《边缘》和《语字》等十三首诗替代，但比美国版少了《玛丽之歌》一诗，以及亲订本中的《蜂群》。这些替代诗作选自一九六二年十一月中旬以后所写的最后十九首，以及三首更早的诗作。

普拉斯曾为《雾中之羊》做过如下的注解："说话者的马以缓慢、冷静的步伐，走下碎石山坡，朝底下的马厩前进。时间是十二月，雾蒙蒙的。雾中有羊。"孤寂的景象是孤寂心情的写照，此刻普拉斯心中的天堂是虚无且阴暗的："无星、无父，一片黑水"。

《悬吊的人》一诗描写在精神病院接受电击治疗的经验。她仿佛悬吊在沙漠树上的先知，以抽离心态冷眼回望自己的痛苦，散发出的黑色幽默让人心疼。

《图腾》一诗描写凌晨时分发生于英国最大的肉品批发市场史密斯菲尔德的一幕幕可怖的宰杀场景。普拉斯曾说这首诗有"一堆互相关联的意象"，像"图腾柱"上的图案。这些屠夫刀下的生物是被死神烙印的图腾，象征了被命运宰制的某些残酷的生活真相。

在《玛丽之歌》中，普拉斯从礼拜日的烤羔羊联想到受迫害的异教徒和被纳粹屠杀的犹太人，她对战争和种族迫害的休止是悲观的，觉得自己（或者每个人）脆弱如大屠杀中的小孩，终将像礼拜日羔羊，被烈火烧炙，被世界吞食。诗题《玛丽之歌》应该是源自十九世纪的美国童谣《玛丽有只小羊》

("Mary Had a Little Lamb")。童谣中的玛丽和小羊相亲相爱,普拉斯诗中的玛丽竟然烤小羊而食之,其讽刺意味不言可喻。

《小赋格》可说是《爹地》一诗的前奏或序曲。"赋格"(fugue)是一种音乐形式,以一个主题为中心,被所有声部模仿,相同的主题以各种巧妙的对位方法在乐曲中交织、展开。"赋格"一词来自拉丁语,有逃遁、追逐和飞翔之意,亦译作"遁走曲"。普拉斯以"小赋格"为诗题,道出她与父亲的微妙关系,也隐含逃逸、抽离的内在渴望。普拉斯试图自童年的回忆与父亲建构某种联结,却发现回溯的过往难逃杀戮和残缺的黑色阴影:父亲切剁的香肠"像砍断的脖子";剩下"一条腿,和一个普鲁士头脑"的父亲是她最初的男人原型。父亲缺了腿,她的记忆也只能跛行,为恋父情结所困的普拉斯无力逃离爱恨交织的亲情纠葛。此种"野蛮——纯粹的德国风。/死者的哭喊自那里传来"的父权形象,不时被普拉斯在诗中与制造大屠杀的纳粹/德国联系在一起。在《慕尼黑衣架模特儿》一诗中,浩劫后的慕尼黑是"巴黎与罗马之间的停尸间",没有思想、无再生可能,"魁肥"的德国佬们"沉睡于深不见底之骄傲里"。

在《气球》一诗中,我们捕捉到普拉斯作品中少有的清朗笑颜,然而这份愉悦的背后仍隐含不安的因子:带有节庆色彩的气球虽然赏心悦目,一旦"受到攻击，便嘎吱一声／砰然爆裂，急速歇止，奄奄一息"，最后经不起幼儿好奇的探索和咬啮，粉红饱满的气球只剩"一块红色碎片"。普拉斯在死前一周所写的这首诗具体而微地道出了她对生命的看法：美好多彩，但不长久；看似清朗无心机，其实暗藏危机；满载祝福，却可能瞬间破灭。普拉斯是不相信永恒的，在《年岁》一诗中，她写道："永恒让我厌烦，／我从来不想得到。"但是，她渴求生命中的动力，譬如"运动中的活塞"或"马群的奔蹄"，这些都是对抗生活中"伟大的壅滞"的具体力量。在《七月的罂粟花》一诗中，我们看到类似的生命态度。在难熬的时刻，若要她在痛苦面对（"流血"）和自欺逃避（"入睡"）两者之间做一抉择，她宁选前者（"但愿我的嘴能与那样的创伤结缡！"）。因为即便罂粟的汁液能让她"感觉迟钝，心情平静"，但那会让生命平淡（"没了颜色。没了颜色"），这样的人生对倔强的普拉斯而言是没有意义的。对《瘫痪者》中近乎"壅滞"的生命状态——无所欲求却也无从感触，普拉斯是深表怜悯的。

普拉斯凝视《挫伤》，放大紫色的瘀伤，让它成为白色肉身的聚焦点，成为岩石的凹洞，整个海洋的轴心。伤口或许只是"苍蝇般大小"，却可能因此成为痛不欲生的理由（"末日的记号"）。对感情执着、不愿与生命妥协的普拉斯如是凝视生命的伤口，"心扉关闭，／大海悄然后退，／镜子罩上了布"，找不到心灵的出口，走不出丧父之痛以及被丈夫背叛的忧伤。

《边缘》和《气球》一样写于死前一周（1963年2月5日），是普拉斯最后一首诗作，可谓绝笔之作。一个长年为忧郁症所苦，对父亲存有矛盾情感，品尝过爱的幻灭，经历诸多混乱骚动的情感经验的女子对生命会有怎么样深刻的体认呢？答案竟是令人心悸的"死亡"。《边缘》——精神崩溃或自杀之死亡边缘——一诗开头即已指出："这女子已臻于完美。／她死去的 ∥身体带着成就的微笑……"她听到命运女神的召唤，感觉"已走了老远,该停下来了"的时候了。这首诗里病态但宁静的气氛是普拉斯许多诗作的共通特点。

书写是普拉斯纾解郁闷的重要方式，文字是她在情绪悬崖徘徊时的保命索，身心的痛苦激发出她惊人的创作能量。她的《语字》自脑海蜂拥而出，有时如树木被斧头劈落，自树心荡出群马奔腾的回声，有时如潭水被滚落的石块激起野草般的波纹之后，努力回复先前的平静。这些奔驰如马蹄的语字，在现实生活中，终究无法为诗人挽死亡宿命的狂澜于既倒，普拉斯最终还是像"一颗白色头颅，／被蔓生如野草的绿波吞噬"，未能借助语字之力跳出幽深的心灵潭水。然而"多年之后"，半个世纪之后，作为读者的我们在生命的"路上巧遇它们"——普拉斯这些诗句,这些"干涸且无人驾驭的语字",仍壮美地发出"坚持不懈的达达蹄声"。

译者与普拉斯的因缘

接受邀约翻译这本诗集,对于尝试译诗工作近四十年的我们,别具意义。我们在台湾师范大学英语系就读期间(1972—1976),因为对现代诗的兴趣,时常在一起阅读或搜寻中外现代诗资料。毕业后对诗的热情有增无减,乃思借着翻译,较有系统地阅读些东西。一九七七至一九七九年间,陈黎服预官役于空军,担任英语教官,颇多空闲时间,张芬龄则于一九七八至一九八〇年间就读于台大外文研究所——这段期间是我们有计划译介外国现代诗的开始。我们先从英国诗人拉金(Philip Larkin)、休斯,以及休斯的另一半——普拉斯着手。在当时,要获得一些比较新的信息似乎并不易,不像现在可以通过多样实体或网络书店购得,足不出户,东西就寄到你家。甚至不必购书,上网搜寻、下载,几个动作,要的数据一次到位。一九七八年前后,我们在台北中山北路的书店找到了一本翻版的普拉斯小说《钟瓶》,又于牯岭街旧书摊买到一本原版精装的普拉斯诗集《精灵》，带给我们蛮多阅读的乐趣。后来以张芬龄之名在《中外文学》月刊一九七九年二月号、三月号发表了《西尔维娅·普拉斯其人其诗》，介绍了这位名震大西洋两岸、只活了三十一岁的天才女诗人。她和休斯两人可说是英语现代诗坛的金童玉女，然而她的自杀身亡，她与休斯间的恩恩怨怨，更成为二十世纪文坛持久不衰的热门话题。

张芬龄一九七八年写给陈黎信中的一段话可以略见当时台湾学府内信息之不足："上个星期为了写Plath，我到师大图书馆去，什么也没找到，那里的书太旧了。找了半天，只找到一句话和她有关：'英国评论家把 Robert Lowell 和……以及 Sylvia Plath 列入 confessional poets'，而这些都早已知道。"在没有什么注解、评论可以参考的情况下译介现代或当代诗，对能力有限的我们实在是一件苦中作乐之事。翻译这些英语诗拓宽了我们的视野，让我们因为具体接触几位极优秀诗人的作品，而对一位创作者可能有的深度与强度略有体会。这些东西后来收录在张芬龄《现代诗启示录》（书林，1992）一书辑二的"英美现代诗译介"里，包括普拉斯的十八首诗，其中十一首出自诗集《精灵》。二〇〇五年，我们将"英美现代诗译介"增订为《四个英语现代诗人：拉金，休斯，普拉斯，奚尼》出版，普拉斯的诗增译了一首《精灵》里的《夜舞》。

二〇一二年暑假，美国艾奥瓦大学亚洲与斯拉夫语文系教授费正华（Jennifer Feeley）来花莲，告诉我们她正在做美国"自白派诗人"中译历史研究，根据她的调查，我们应是最早把普拉斯诗译介到中文世界者。我们不知道我们对推广普拉斯作品给中文读者是否有功，但就像我们译介的诺贝尔文学奖得主辛波斯卡，居然需透过受辛波斯卡诗影响的几米绘本，才让更多读者认识到这位享誉世界的波兰女诗人，本地文化圈（譬如剧场工作者）或一般读者对普拉斯感兴趣，恐怕也是在看过二〇〇三年新西兰女导演克莉斯汀·杰弗斯拍摄的普拉斯传记电影《瓶中美人》（*Sylvia*）之后。

我们很高兴大学毕业四十年后做成这本诗集的翻译，一方面延续了当初与普拉斯的因缘，一方面向这位去世半世纪的天才女诗人致敬。陈黎的诗《狂言四首》里，有一首咏叹莎士比亚《暴风雨》中精灵 Ariel 的主人普洛斯彼罗之作，以之赞美在纸上或想象的瓶中役使文字精灵，呼风唤雨，舞弄光影的普拉斯或所有创作者，应该也算恰当：

> 我的魔法杖能呼风唤雨
> 如同诗人或作曲家，点化
> 沉舟，从海底唤起精灵
> 役使他们布置假面空中舞会

和奇妙的音乐，用一支笔
在稿纸的海上圈出一座岛
一个想象与和解共筑的美丽
新世界：昏睡久久的将起来
长久睁眼的将入眠，仇敌成为
情人，疯狂即是健全，死与生
两人三脚，电脑与猪脑同槽……

在蜜蜂吸蜜的地方吸蜜，在
梦隆起的地方储存短暂人生
疯子，情人，诗人三位一体
即便所有精灵最终化作空气
一阵音乐，给爱情以食物，给
虚无缥缈的东西以档名，位址

一如诗人／歌者唐·麦克莱恩（Don McLean, 1945— ），在其著名的《Vincent》一曲中对疯狂、自杀的画家梵·高的咏叹："如今我明白了，你试着要告诉我什么。／你又如何因神志清明而饱受折磨，／你如何试图解放他们：／但他们不愿听，他们听不懂。／也许，他们现在愿意听了……"（And now I understand what you tried to say to me / and how you suffered for your sanity / and how you tried to set them free / They would not listen, they did not know how /

Perhaps, they'll listen now...）在普拉斯死后半世纪，我们也许比以前稍加听得懂，看得懂，"疯子，情人，诗人三位一体"，为其清明（或疯狂）受苦的这位瓶中美人、瓶中精灵，试着要告诉我们的东西……

陈黎　张芬龄
二〇一八年十月，台湾花莲

普拉斯亲订本

(四十一首)

给

弗莉达及尼古拉斯

晨歌

爱使你走动像一只肥胖的金表。
接生婆拍打你的脚掌,你赤裸的哭喊
便在万物中占有一席之地。

我们的声音呼应着,渲染你的来临。新的雕像
在通风良好的博物馆里,你的赤裸
遮蔽我们的安全。我们石墙般茫然站立。

我不是你的母亲
一如乌云洒下一面镜子映照自己缓缓
消逝于风的摆布。

整个晚上你蛾般的呼吸
扑烁于全然粉红的玫瑰花间。我醒来听着:
远方的潮汐在耳中涌动。

一有哭声,我便从床上踉跄而起,笨重如牛,穿着
维多利亚式的睡袍,满身花纹。
你猫般纯净的小嘴开启。窗格子

泛白且吞噬其单调的星辰。现在你试唱
满手的音符;
清晰的母音升起一如气球。

译注:此诗是普拉斯为女儿弗莉达而作。

快递信差

蜗牛在叶面上留下的话语?
那不是我的。别收下。

密封锡罐里的醋酸?
别收下。那不是真品。

镶有太阳的金戒指?
谎言。连篇谎言,一桩伤心事。

叶子上的霜,洁净无垢的
大汽锅,哗啵作响,自言自语

在九座黑色阿尔卑斯山的
每个峰顶,

镜中的骚动,
大海打碎了它灰色的镜子——

爱情,爱情,我的季节。

捕兔器

那是个威力十足的地方——
风以我飘乱之发堵塞我的嘴,
撕裂我的声音,而海
用它的光挡住我视线,死者的生命
在其中卷开,摊展如滑油。

我领教过荆豆的敌意,
黑色的尖刺,
黄色蜡烛花的极烈油膏。
它们有效率,十分美丽,
而且华奢,如折磨。

只有一个地方可以抵达。
一触即发,充满香味,
小径都缩成了坑洞。
而陷阱几乎都是不曝光的——
零,关住虚无,

密集安置,仿佛分娩的剧痛。

尖叫声的阙如
在大热天形成了一个坑洞,一个空缺。
玻璃似的光是一堵清晰的墙,
灌木静了下来。

我感受到一种静止的忙碌,一个意图。
我觉得捧握马克杯的双手,呆滞,迟钝,
正摇响这白色瓷器。
它们如此痴情等候他,那些小死亡!
像情人一样等候着。让他兴奋。

而我们也存在一种关系——
中间隔着拉紧的铁丝,
钉得太深拔不出的木桩,指环似的心思
滑动,紧锁住某个敏捷的东西,
这一束紧,把我也杀死了。

沙利度胺

噢,半边月亮——

半个脑袋,发光体——
黑人,戴着白人的面具,

你被截断的
阴暗肢体缓缓爬行,触目惊心——

蜘蛛一般,陷于危境。
什么样的手套

什么样的皮料
能保护我

脱离那阴影——
除不掉的花苞,

肩胛骨上的关节,
跌撞成形的

脸孔——还拖着
被剪下的

先天不足的血胎膜。
整晚,我为被给予的事物

打造一个空间,
一种有着

两只湿眼和一阵尖叫的爱。
冷漠的

白色唾液!
暗色果实旋转,落下。

玻璃破裂开来,
影像

逃逸,夭折,如水银滴落。

译注：原文标题 Thalidomide，又名反应停、酞胺哌啶酮，是最早上市的非处方镇静剂，早期用于治疗怀孕妇女的恶心、呕吐症状，但在二十世纪六十年代发现此药在妊娠期服用，会造成婴儿四肢严重畸形。

申请人

首先,你符合我们的条件吗?
你是否佩戴着
玻璃眼球,假牙或拐杖
吊带或领钩,
橡皮乳房或橡皮胯部,

显示什么东西不见了的线迹?没有,没有?那么
我们怎么给你一样东西呢?
不要哭。
张开你的手。
空空的?空空的。这里有一只手

可用来填补它并且心甘情愿
为你端来茶杯驱走头痛
你怎么说它就怎么做。
你愿意娶它吗?
保证绝对

在临终时为你翻下眼睑

溶解烦忧。
我们用盐研制出新的产品。
我注意到你赤身裸体。
这一套衣服如何——

又黑又硬,但还算合身。
你愿意娶它吗?
防水,防碎,保证防
火且防穿透屋顶的炸弹。
相信我,他们会让你穿着它入葬。

现在你的脑袋,恕我直言,空洞。
我也有这方面的候选名单。
到这儿来,亲爱的,走出壁橱。
嗯,你觉得那个如何?
开始时赤裸如纸张

但二十五年不到她就变成银,
五十年,就成金。
活生生的玩偶,随你从任何角度去看。
它会缝纫,会烹调,
还会说话,说话,说个不停。

它管用,没什么不对劲的地方。

你有了伤口,它就是膏药。

你有眼睛,它就是影像。

小伙子,这是你最后的寄托了。

你可愿意娶它,娶它,娶它。

译注:普拉斯曾为此诗做过如下的注解:"说话者是一名业务主管,某种严厉的超级业务员。他想确认申请人是真的需要该公司出产的优越产品,而且保证会善待它。"

不孕的女人

空空荡荡的,最轻的脚步也会在我身上回响,
无雕像的博物馆,有着圆柱、柱廊、圆形大厅的雄伟建筑。
在我的庭院里,一座喷泉涌出又沉回己身,
出家尼之心,不问世事。大理石百合
散发出香气般的苍白。

我想象自己被一大群人围着,
一尊白色胜利女神像和几尊无眼珠阿波罗像之母。
然而,死者的厚爱伤了我,什么事也不会发生。
月亮将手放在我的额上,
护士一般,面无表情,沉默不语。

译注:普拉斯认为生育为女性天职,不孕是贫瘠的象征。此诗可能是针对一九六一年二月自己不幸流产有感而作。

拉撒路夫人

我又做了一次。
每十年当中有一年
我要安排此事——

一种活生生的奇迹,我的皮肤
明亮如纳粹的灯罩,
我的右脚

是块纸镇。
我的脸是平淡无奇,质地不差的
犹太麻布。

餐巾脱落
噢我的仇敌。
我害怕了吗?——

鼻子,眼窝,整副的牙齿?
阴湿的气息
再过一天就会消逝。

很快,很快地坟穴
吞噬的肉体将
重回我身

而我,一个面露微笑的女人。
我才三十岁。
像猫一样可死九次。

这是第三次了。
一大堆废物,
每十年得清除一次。

上百万灯丝。
嗑花生米的群众
都挤进来看

他们把我的手脚摊开——
精彩的脱衣舞表演。
各位先生,各位女士,
这是我的手,
我的膝。
我可能瘦骨嶙峋,

不过，我还是相同，完全相同的女人。
这种事第一次发生在我十岁那年。
那是意外事件。

第二次我就决意
支撑下去而不再回头了。
我摇摆着，紧闭

如一只贝壳。
他们得一叫再叫
将虫像黏湿的珍珠自我的身上取出。

死去
是一种艺术，和其他事情一样。
我尤其善于此道。

我使它给人地狱一般的感受。
使它像真的一样。
我想你可以说我是受了召唤。

在密室做这件事很容易。
做完此事若无其事也很简单。

光天化日下

戏剧性地归返
到同样的地点,同样的面孔,同样野蛮
快意的叫喊:

"奇迹!"
真让我震惊。
他们标出了价格

为了目睹我的伤痕,出价
为了听我的心跳——
的确还在跳动。

而且还出价,出很高的价格,
为了一句话或一次触摸
或一丝血液

或一根毛发或一片衣物。
好,好,医生先生。
好,仇敌先生。

我是你的艺术杰作,

我是你的珍品，
纯金的宝贝

熔解成一声尖叫。
我翻滚发热。
不要以为我低估了你的用心。

灰烬，灰烬——
你搅拨挑动。
肌肉，骨头，那儿什么也没有——

一块肥皂，
一枚结婚戒指，
一撮纯金的填塞物。

上帝大人，撒旦老爷，
注意
注意了。

从灰烬中
我披着红发升起
像呼吸空气般地吞噬男人。

译注：拉撒路（Lazarus）的典故出自《新约·约翰福音》第十一章。拉撒路是耶稣的好友，因病去世。在他死后第四天，耶稣来到拉撒路墓前，叫众人把墓碑打开，大声呼叫，拉撒路竟奇迹般地从棺木中走了出来。

郁金香

这些郁金香太容易激动,这里是冬天。
你看这一切多么白,多么静,被雪层层包覆。
我独自静卧,领会平和的心境,
光就躺在这些白墙,这张床,这些手上。
我是无名小卒,爆炸事件与我无关。
我已将姓名与白天穿的衣服给了护士
把病历给了麻醉师而身体给了外科医师。

他们将我的头安置在枕头与床单翻边之间,
仿佛一只眼睛撑在无法闭合的两层白眼皮之间。
愚蠢的瞳孔,不得不将一切尽收眼底。
护士们来来去去,并未造成任何烦扰,
她们戴着白帽穿过就像海鸥在内陆飞行,
手里忙着工作,看起来都是一个样,
所以数不清到底有多少个。

她们视我的身体为一块卵石,她们看护着
像流水对待其所流经的卵石,轻柔地磨平它们。
她们晶亮的针带给我麻痹,带给我睡眠。

如今我已迷失自我，厌倦包袱——
我那专利皮制小旅行箱像个黑色药盒，
我的丈夫和小孩在家庭照里露出微笑；
他们的微笑掐住我的皮肤，带着笑意的小钩子。

我任由事物溜走，顽固地紧抱姓名和地址的
一艘船龄三十年的货船。
他们已用药水消毒过我，清除掉与爱相关的联结。
我恐惧又赤裸地躺在套着绿色塑料枕的推车上，
看着我的茶具，装亚麻服的柜子，书本
沉没消失，而后水高过我的头顶。
我现在是个修女，从未如此纯洁过。

我什么花都不要，我只要
躺着，双手上翻，空无一物。
多自由啊，你不会懂得有多自由——
这宁静巨大到令你晕眩，
而它无所求，一个名牌，几个小饰品。
那是死者终将逼近之物；我想象他们
阖嘴含着它，像含着圣餐礼的药片。

这些郁金香一开始就太红，把我给弄伤了。
即便隔着包装纸我仍听得见它们的呼吸声

轻轻地，穿透它们白色的襁褓，像个可怖的婴儿。
它们的红艳与我的伤口交谈，伤口回应着。
它们难以捉摸：似乎飘浮着，却压得我挺不起腰，
它们突兀的舌头和色泽令我烦乱，
一打红色的铅锤缠绕着我的脖子。

先前无人注视我，如今我被注视着。
郁金香转向我，窗户在我的背后
一天一回，光线缓缓变宽又渐渐淡去，
我看见自己，扁平，荒诞，太阳眼
与郁金香眼之间的一个剪影，
我没有脸庞，总想隐藏自己。
耀眼的郁金香吃掉了我的氧气。

它们到来之前，空气是够平静的，
吸气呼气，一口接一口，不急不躁。
后来郁金香像巨大的噪音填满了空气。
而今空气在它们四周搁浅回旋，
一如河流在沉没的锈红引擎四周搁浅回旋。
它们让我注意力集中，也就是快乐的
嬉戏与休憩，不承诺也无拘束。

四周的墙壁似乎也自行取暖。

郁金香应该像危险动物一样关进笼子里；
它们开放，像非洲大猫张大了嘴，
这让我察觉我心的存在：它钵状的红花
开开阖阖，纯然是出于对我的爱。
我喝的水温温咸咸的，像海洋，
来自和健康一样遥远的国度。

一个秘密

一个秘密！一个秘密！
何其优越。
你蔚蓝又巨大,一名交通警察,
举起一只手掌——

我们之间的差异?
我独眼,你有两只。
秘密印记在你身上,
淡淡的,波状的水印。

它是否会显示于黑色的探测器?
透过伊甸园般温室里的非洲长颈鹿
或摩洛哥河马,
波动地,难以磨灭地,真真切切地

显露出来?
它们自一个僵硬的方形装饰边瞪视。
它们是用来外销的,
一个是傻瓜,另一个也是傻瓜。

一个秘密！一只多出来的琥珀色
白兰地手指
一边栖息一边咕咕叫着"你啊，你"，
在只有猴子倒影的双眼背后。

一把可拿出来
修修指甲，
抠抠泥垢的刀子。
"不会伤人的。"

一个私生婴孩——
那蓝色的大头！
竟在办公桌的抽屉里呼吸。
"那是内衣吗，宝宝？

"它有咸鳕鱼的味道，你最好
将一些丁香戳入苹果，
做一个香囊，或者
除掉这私生子。

"彻底地除掉它。"
"不行，不行，它在那里很开心。"

"但它想要出来!
你看,你看!它正想要爬行!"

我的天,阻拦的东西出现了!
协和广场上的汽车——
当心啊!
群兽窜逃,群兽窜逃——

兽角扭旋,丛林发出喉音。
一瓶爆裂的浓烈黑啤酒,
大腿上慵懒的泡沫。
你跌跌撞撞出来,

侏儒宝宝,
背上插着刀子。
"我觉得虚弱。"
秘密已然揭露。

译注:协和广场(法文 Place de la Concorde),法国巴黎市中心塞纳河北岸的一个广场。

狱卒

我夜晚的汗为他的早餐餐盘涂上油脂。
相同的蓝雾布告被载运就位,
连同相同的树木和墓碑。
他只有这么点能耐,
让钥匙嘎嘎作响?

我已被下药,强奸。
七个钟头将我从健全的心智
击入一个黑麻袋,
我得以放松,胎儿或猫儿,
他潮湿梦境的杠杆。

有个东西不见了。
我的安眠胶囊,我红蓝相间的齐柏林飞艇
将我自可怖的高度抛落。
甲壳碎裂,
我摊在群鸟的喙前。

噢,小螺丝钻——

这纸一般的日子已然千疮百孔!
他不断用香烟头烫我,
佯装我是长了粉红脚掌的女黑人。
我是我自己。那还不够。

高烧滴入我发间,凝固。
我的肋骨外显。我吃了什么?
谎言和微笑。
天空当然不是那种颜色,
绿草当然应该是涟漪荡漾。

一整天,我用燃尽的火柴棒黏筑我的教堂,
梦里完全想着另一个人。
而他,为此种颠覆行径
伤害我,他
以他虚伪的甲胄,

他高傲冰冷的失忆症面具。
我是怎样到这里的?
判决未定的罪犯,
我的死法多样——
吊死,饿死,烧死,以勾拳打死。

我想象他

阳痿如遥远的雷声,

在其阴影中我已吃掉我的鬼魂配额。

但愿他死去或远离。

看样子,那是不可能的。

那反倒自在。黑暗要怎么办

若无高烧可食?

光线要怎么办

若无眼睛可刺杀,他要怎么

怎么,怎么办,若是没有我。

割伤

——给苏珊·奥尼尔·罗伊

多让人心惊胆战——
是我的大拇指,而不是洋葱。
顶端几乎不见,
只剩形同铰链的

一块皮,
帽盖似的边缘,
死白。
随后是那红色的长毛绒。

小朝圣者,
印第安人劈掉了你的头皮。
你的火鸡肉垂
地毯,自

心脏直接翻卷。
我踩在上面,
紧握我那瓶
粉红泡沫饮料。

一场庆典,这可说是。

自一道缝隙

跑出一百万个士兵,

个个都是红制服的英国兵。

他们支持哪一边?

哦,我的

小矮人,我病了。

我已服下一颗药丸去杀死

那薄如

纸片的感觉。

破坏分子,

神风特攻队——

沾在你

三K党纱布

俄罗斯头巾上的污渍

黯然失色,当你那

球状的

心脏浆液

迎面遇上它沉默的
小磨坊之时

你跳得可真高——
动过环锯手术的老兵,
肮脏的女孩,
大拇指残肢。

译注:苏珊·奥尼尔·罗伊(Susan O'Neill Roe)是普拉斯的保姆。美国独立战争时期的英国兵的制服特色是红色外套。

榆树

——给露丝·芬莱特

我知道底部,她说。我用巨大的主根探知:
这正是你所畏惧的。
但我并不怕:我曾到过那里。

你在我体内听到的可是大海,
它的不满?
或者是空无的声音,那是你的疯狂?

爱是一抹阴影。
你撒谎,哭喊,对它穷追不舍。
听:这些是它的蹄音:它远离了,像一匹马。

整个晚上我将如是奔驰,狂烈地,
直到你的头成为石块,你的枕成一方小赛马场,
回响,回响。

或者要我带给你毒药的响声?
下雨了,这硕大的寂静。
而这是它的果实:锡白,如砒霜。

我饱尝落日的暴行。

焦灼直达根部

我红色的灯丝烧断而仍坚持着,一团铁丝。

现在我分解成碎片,棍棒般四处飞散。

如此猛烈的狂风

绝不能忍受他人的旁观:我得嘶喊。

月亮也同样地无情:总是残酷地

拖曳着我,我已不育。

她的强光刺伤我。或许是我绊住了她。

我放她走。我放她走,

萎缩而扁平,像经历了剧烈的手术。

你的噩梦如是支配我又资助我。

哭喊在我身上定居。

每晚鼓翼而出

用它的钓钩,去寻找值得爱的事物。

我被这黑暗的东西吓坏了,

它就睡在我体内。

我整天都感觉到它轻柔如羽的翻动,它的憎恶。

云朵飘散而过。
那些是爱的面庞吗,那些苍白、不可复得的?
我就是因这些而乱了心绪吗?

我无法进一步知晓。
这是什么,这张脸
如是凶残地扼杀枝干?——

它蛇阴的酸液咝咝作响。
它麻木意志。这些是隔离,徐缓的过失
足可置人于死,死,死。

译注:此诗最初的诗题为《榆树说话》。露丝·芬莱特(Ruth Fainlight, 1931—),旅居英国的美国诗人和小说家,是普拉斯晚年的密友。她在回忆录《十字路口》中曾提到她与普拉斯的情谊。

夜舞

一个微笑掉进草地里。
无法挽回!

你的夜舞将如何地
忘形匿迹。化作数学?

如此纯粹的跳跃和盘旋——
毫无疑问地它们永远

悠游于世,我将不会枯坐
而无美相伴,天赐的

你细微的呼吸,你的睡眠散发的
浸透的绿草香,百合,百合。

它们的肉不相关联。
冷冽的自我之折层,尖尾芋,

以及老虎,自己装饰着自己——

斑点，开展炽热的花瓣。

流星们
有如此好的太空可以越过，

如此的冷与遗忘。
所以你的手势一片片落下——

温暖而人性，它们粉红的光接着
淌血，剥落

穿过天国黑色的失忆症。
为什么他们给我

这些灯火，这些行星
坠落如福音，如雪片

六面体，纯白
落在我的眼，我的唇，我的发

轻触，融化。
无处可寻。

译注：此诗是普拉斯为儿子尼古拉斯而作。"夜舞"指的是幼儿夜间在婴儿床上手舞足蹈。

侦探

她正在做什么，当它越过七座山丘，
红色犁沟和蓝色山脉突然造访？
她正在整理茶杯吗？这很重要。
她正在窗前凝神倾听吗？
火车的呼啸声在山谷回响，仿佛焦躁的灵魂。

那是死亡之谷，虽然乳牛兴旺。
在她的花园里，谎言抖出受潮的丝绸，
凶手的眼睛蛞蝓似的斜眼瞄视，
不敢正视手指，那些自我主义者。
手指把女人塞进墙壁，

把尸体塞进水管，烟雾升起。
这是岁月燃烧的味道，就在这厨房里，
这些是欺瞒，钉在一起，像家庭照，
而这是一个男人，请看他的笑容，
致命武器吗？没有人丧命。

这屋里根本没有尸体。

有亮光剂的味道,还有长毛绒地毯。
有阳光,耍弄着它的刀刃,
百无聊赖的无赖在红色房间,
无线电话像年老的亲戚一样自言自语。

它来如箭,还是来如刀?
是哪一种毒药?
哪一种神经瘫痪剂,痉挛剂?是否带电?
这是一宗没有尸体的命案。
尸体根本就不在现场。

这是一宗蒸发的案件。
最先是嘴巴,在第二年
被呈报失踪。它一向贪得无厌
就让它挂在外面,像褐色水果一样
皱缩,脱水,以示惩戒。

接着是乳房。
它们更坚硬了,两颗白石头。
乳汁流出,先是黄色,而后转蓝,清甜如水。
嘴唇并未失踪,还有两个小孩,
但他们瘦骨嶙峋,而月亮在微笑。

然后是枯木,大门,
慈母般的褐色犁沟,整座庄园。
我们飘然腾空,华生医生。
只有月亮,以磷光防腐。
树上只有一只乌鸦。请记录下来。

译注:华生(John Hamish Watson)医生是《福尔摩斯探案集》里的虚构人物。他不仅是福尔摩斯的助手,还是福尔摩斯破案过程的记录者,几乎所有的福尔摩斯故事都以华生为叙述者。

精灵

黑暗中的壅滞。
然后是突岩和远景
纯粹、蓝色的倾泻。

神之雌狮,我们合而为一,
脚跟和膝之枢轴!——犁沟

裂开,延伸,像极了
我无法抓牢的
棕色颈弧,

黑人眼睛般的
浆果抛出黑暗的
倒钩——

几口黑甜的血,
阴影。
另有他物

牵引我穿越大气——
腿股,毛发;
自脚跟落下的薄片。

白色的
戈黛娃,我层层剥除——
僵死的手,僵死的严厉束缚,

现在我
泡沫激涌成麦,众海闪烁。
小孩的哭声

融入了墙里。
我
是一支箭,

是飞溅的露珠
自杀一般,随着那股驱力一同
进入红色的

眼睛,那早晨的大汽锅。

译注：Ariel 为莎士比亚《暴风雨》一剧中火与大气之精灵。Ariel 亦为普拉斯一九六一至一九六二年间居于英国德文郡时每周所骑之马名。普拉斯曾为此诗做过如下的注解："另一首骑在马背上的诗。诗题'精灵'，是我特别喜爱的一匹马的名字。"在希伯来文中，Ariel 的意思是"神的雌狮"。戈黛娃（Godiva）原是一位英格兰伯爵夫人。她不断恳求丈夫减免重税，丈夫故意刁难她，说只要她敢裸体骑马绕行市街，他便愿意减税。为了废止苛税，戈黛娃果真裸身骑着白马穿街而过。在英国传说里，她是十一世纪科芬特里之守护神。休斯曾提到：在剑桥大学求学期间，有一回普拉斯与美国友人骑马时，她的马突然狂奔，马镫脱落，她悬身抓住马颈，一路疾驰两英里回到马厩。

死亡公司

两个。当然是两个。
现在看起来非常地自然——
一个嘛从来不往上看,眼睛覆以眼睑
且呈球状凸出,像是布莱克的,
展示着

他当作商标的胎记——
热水烫伤的疤痕,
兀鹰
赤裸的铜锈。
我是红色的肉。他的喙

斜向一边地拍击:我还不属于他呢。
他说我拍照真差
他告诉我那些婴儿
看起来有多甜美,在他们医院的
冰库里,简单的

皱边在颈部,

然后是他们爱奥尼亚式丧袍的

凹槽纹饰,

然后是两只小脚。

他不微笑也不抽烟。

另外那个就会了,

他的头发长而且像真的一样。

对闪光行手淫的

杂种,

他需要有人爱他。

我无动于衷。

霜成为花,

露成为星。

死亡的钟声,

死亡的钟声。

有人完事了。

译注:普拉斯曾为此诗做过如下的注解:"这首诗探索死亡的双重(或精神分裂症的)本质——布莱克(William Blake)死亡面具(译按:死后制成之面部蜡像)大理石般

的冷酷，以及蠕虫、水和其他分解代谢物质令人生惧的柔软，两种特质密不可分。我将这两个死亡的面向想象成两个男人，两个前来造访的生意上的朋友。"据说实际的情况是：有两位男士前来造访，好意地以高薪邀请休斯到国外工作，普拉斯对他们心生憎恶。

东方三贤士

抽象概念盘旋如鲁钝的天使:
最鄙俗之事莫过于一只鼻或一只眼
霸占着他们脸蛋空灵之处。

他们的白和洗好的衣物,雪,粉笔
这类事物毫无关系。没错,他们是
真实的东西:所谓"善",所谓"真"——

像开水一样养生纯净,
像九九乘法表一样不带感情。
而孩子的微笑正融入清空。

来到世上才六个月,她已能
摇摇晃晃爬行,像加了软垫的吊床。
对她而言,"恶"这沉重的观念

对她小床的威胁还比不上一次肚疼。
而"爱"是奶水之母,这无须理论。
他们误判了星象,这些轻薄如纸的众神。

他们要的是某个脑袋灵光的柏拉图之婴儿床。

好让他们可用自己的强项去震撼他的心。

哪个女孩曾在这样的圈子里手舞足蹈？

译注：《新约·马太福音》记载，耶稣降生时，几名贤士（Magi）在东方看见伯利恒方向的天空出现一颗大星，于是便跟着它来到了耶稣基督出生的马槽。无证据显示有多少位贤士来朝拜了耶稣基督，但他们带来黄金、乳香、没药。有人推测有三位到来，每人献上一样礼物，所以称他们为东方三贤士，或东方三博士、东方三王或三智者。普拉斯曾为此诗做过如下的注解："根据定义，抽象概念是与生活背离的，在其衍生的过程中，生活中细微又具活力的复杂层面是被忽略的。在《东方三贤士》这首诗里，我想象哲学家们的抽象概念围聚在新生女婴的床边，而她除了生命，别无他物。"

莱斯沃斯岛

厨房里的恶毒!
马铃薯咝咝作响。
完全好莱坞风格,没有一扇窗户,
荧光灯时而畏缩,像严重的偏头痛,
羞怯的纸为门跳脱衣舞——
舞台布幕,寡妇的卷发。
亲爱的,我是病态说谎者,
而我的孩子——你瞧她,脸朝下趴在地板上,
断了线的小木偶,踢打着想消失——,
她的脸忽红忽白,一副惊恐样。
你将她的小猫困在你窗外
水泥井之类的地方,
它们在里面又拉又吐又哭,但是她听不到。
你说受不了她,
那杂种是个女孩。
你像一台破收音机,烧坏了真空管,
听不见人声和历史,新事物
静电一般的噪音。
你说我该溺毙小猫。它们太难闻了!

你说我该溺毙我女儿。

如果她两岁发疯,十岁就会割喉。

那婴孩,胖蜗牛,自

橙色油毡制的晶亮菱形窗微笑。

你可以吃他。他是个男孩。

你说你丈夫对你简直一无是处,

他的犹太妈妈守护珍珠般地守护着他甜美的性。

你有一个婴儿,我有两个。

我应该坐在康沃尔外的岩石上梳头发。

我应该穿虎纹裤,应该搞一次外遇。

我们真该在来生相遇,应该在空中邂逅,

我和你。

同一时间传来油脂与婴儿大便的臭味。

上一颗安眠药让我麻木而迟钝。

烧菜的油烟,地狱的烟雾

让我们的头飘浮,两个心怀恨意的死对头,

我们的骨头,我们的头发。

我称你为孤儿,孤儿。你病了。

太阳给了你溃疡,风给了你肺结核,

你也曾美丽过。

在纽约,在好莱坞,男人说:"结束了?

哇,宝贝,你是稀世珍品。"

你假装,假装,假装,为了刺激感。
阳痿的丈夫坍垮,出去喝杯咖啡。
我试图挽留他,
一根旧避雷针,
你从天而降的一盆盆酸洗澡水。
他步伐沉重地走下铺有塑料圆石的山丘,
遭鞭笞的手推车。闪光是蓝色的。
蓝色闪光喷溅,
石英一般迸裂成百万颗小碎粒。

噢珠宝。噢珍贵之物。
那一夜月亮
拖着它的血袋,港

口
灯火上方的病兽。
然后回复正常,
坚硬,抽离,白皙。
沙滩上的鱼鳞光泽吓死我了。
我们一把把地不停捡拾,疼爱它,
像面团一样揉搓它,混血儿的身体,
丝绸发出摩擦声。
一条狗叼起你碍事的丈夫。他们继续前行。

此刻我默不作声，仇恨

高涨至颈间，

浓浓的，稠稠的。

我不说话。

我正在打包坚硬的马铃薯，像打包上好的衣裳，

我正在打包婴儿，

我正在打包病猫。

噢，酸性的花瓶，

你充满的是爱。你知道你恨谁。

他在面海的大门边紧抱他的

球和锁链，

海水长驱直入，黑白相间，

随后又喷吐回去。

像注满水壶般，你日日以灵魂原质注满他。

你好疲惫。

你的声音是我的耳环，

边拍翅边吮吸，嗜血的蝙蝠。

就是这样，就是这样。

你自门后偷窥，

忧伤的母夜叉。"每个女人都是妓女。

我无法交往。"

我看到你的可爱饰物

紧贴着你,像婴儿的小拳头

或者像一只海葵,那个海洋

甜心,那个窃盗癖患者。

我依然生涩。

我说我可能会回来。

你知道谎言的功用为何。

即使在你的禅天堂我们也不会相遇。

译注:莱斯沃斯岛(Lesbos)位于爱琴海东北部,为希腊第三大岛屿。该岛因古希腊女诗人萨福(Sappho,约公元前610—前580)而闻名于世。据说萨福周边围聚着一群来自各地崇拜她的少女,萨福教她们诗和音乐,身体上也极亲近,Lesbian(女同性恋者)一词即由此而来。康沃尔(Cornwall),英国西南端的一个郡,以风光明媚著称。

另一个人

你回来晚了,擦拭着嘴唇。
我留置于门阶上的东西有什么还原封不动——

白色的胜利女神,
从我墙间流出?

带着笑意,蓝色闪电
承担起他各部位的重负,像挂肉的钩子。

警察喜爱你,你招供了一切。
闪亮的头发,鞋子的黑,旧塑料,

我的生活如此引人好奇吗?
你是为此弄宽眼圈的吗?

大气微尘是因为这样而离散吗?
它们不是大气微尘,是血球微粒。

把手提袋打开。那恶臭打哪来?

是你的编织物,忙乱地

彼此钩缠,
是你黏答答的糖果。

我把你的头放在我墙上。
脐带,蓝红相间,闪闪发光,

尖叫声箭一般自我腹部传来,我骑上它们。
噢炽热的月光,噢病者,

失窃的马匹,奸情
环绕着大理石子宫。

你要去哪里呀,
累积里程数般吸食着空气?

硫黄味的通奸行径在梦中悲伤。
冰冷的玻璃,你竟然将你自己

嵌入我自己和我自己之间。
我像猫一样抓刮着。

流动的血是黑暗的果实——
一种效果,一种化妆品。

你微笑。
不,不会置人于死。

戛然而逝

刺耳的刹车声。
抑或是初生的啼声？
我们在此，悬空于生命情报交换点的上方
叔叔，裤子工厂的胖子，百万富翁。
而你晕厥于我身旁的座椅上。

车轮，两名橡胶苦力，咬着它们甜甜的尾巴。
底下是西班牙吗？
红与黄，两块激情的滚烫金属
边扭动边叹息，这是哪门子风景？
不是英格兰，不是法兰西，不是爱尔兰。

狂暴的风景。我们到此一游，
有个天杀的婴孩却在某处尖叫。
一个血淋淋的婴儿老是挂在空中。
姑且称之为落日，但
有谁听过落日哭号成那个样子？

你被击沉于你的七个下颌里，静止如火腿。

你以为我是谁,
叔叔,叔叔?
悲伤的哈姆雷特,带了把刀子?
你把你的生命贮藏在哪里?

这是一便士,一颗珍珠吗——
你的灵魂,你的灵魂?
我要像个漂亮的富家女般将它带走,
只要打开门,走下车,
定居直布罗陀,以空气,空气为生。

译注:此诗影射休斯叔叔的一场车祸。

十月的罂粟花
——给海德和叙泽特·马塞多

即便今晨的太阳云也做不出这样的花裙。
救护车里的那个女人也没办法,
她的红色心脏穿透外套开出花朵,多令人惊异——

一件礼物,一件爱的礼物:
苍白地,如火焰般
点燃一氧化碳的

天空
根本不曾开口要;礼帽下
晦暗呆滞的眼睛也不曾。

哦,天啊,我算什么
这些迟到的嘴巴竟然张口叫喊,
在结霜的森林,在矢车菊的黎明!

译注:此诗写于普拉斯三十岁生日当天。海德和叙泽特·马塞多(Helder and Suzette Macedo)夫妇是葡萄牙作家和翻译家,在旅居英国时期和普拉斯夫妇成为好友。

闭嘴的勇气

大炮当前,禁闭的嘴依然有的勇气!
粉红安静的线条,一条虫,晒着太阳。
它后面有些黑色圆盘,愤慨的圆盘,
和天空的愤慨,它皱纹满布的脑袋。
圆盘转动,要求声音被听见,

对私生行径不满,不吐不快。
私生,利用,离弃和表里不一,
细针沿着纹轨游走,
两座阴暗峡谷间的银兽,
一名出色的外科医生,而今是文身师,

一遍遍将相同的蓝色委屈,
这些蛇,孩童,乳头,
文在美人鱼以及有两条腿的梦中女郎身上。
外科医生静默,不发一语。
他已见过太多死亡,双手满是死亡。

于是大脑的圆盘旋转,仿佛加农炮的炮口。
接着是那把古董钩镰,舌头,

不知疲倦,已呈紫色。必须把它割掉吗?
它有九根尾巴,具危险性。
还有它一旦开始行动自空气所掠夺的噪音。

不,舌头也已经被搁置
和仰光的版画,以及狐狸头,水獭头,
死兔头,一同高挂于图书馆。
那是神奇之物——
在全盛期戳穿过好些事情!

但是对这双眼睛,眼睛,眼睛要怎么办?
镜子会杀人,会交谈,是恐怖的房间,
折磨在其中不断发生,而你只能注视。
住在这镜子里的脸孔是一张已故男人的脸孔。
不要担心这双眼睛——

它们也许白皙害羞,它们可不是线民,
它们的死亡光芒被折叠,有如
某个被遗忘之国的旗帜,
一个在群山间宣告破产的
顽强独立国。

译注:"粉红安静的线条,一条虫",是嘴巴的暗喻。

尼克与烛台

我是矿工。蓝光闪耀。
蜡状的钟乳石
滴落,越积越厚,自泥土

子宫死寂的枯燥中
渗出的眼泪。
黑蝙蝠的氛围

笼罩着我,破烂的披肩,
冷血的谋杀。
它们像李子般黏附着我。

钙化冰柱形成的
古老洞穴,古老的回声筒。
连蝾螈都是白的,

那些牧师。
还有那鱼,那鱼——
基督啊!它们是结冰的窗玻璃,

一桩刀子的恶行,
一种食人鱼的
教派,从我活生生的脚趾

啜饮它首次的圣餐。
蜡烛
哽住了,又回到它低矮的高度,

它的鹅黄让人振作。
噢亲爱的,你是如何抵达这里的?
噢,胎儿

甚至在睡梦中,都还记得
你交叉的姿势。
血在你体内

绽放洁净之花,红宝石。
你醒后面对的
痛苦与你无涉。

亲爱的,亲爱的,
我已在我们的洞穴挂满玫瑰,

还有柔软的毯子——

维多利亚时代末期的物品。
让群星
铅锤般落向它们黑暗的地址,

让那些残疾的
水银原子滴
进可怕的井底,

你是唯一
可让空间钦羡而倚靠的实体。
你是马棚里的婴孩。

译注:尼克是普拉斯对儿子尼古拉斯的昵称。普拉斯曾为此诗做过如下的注解:"在这首诗里,一位母亲在烛火旁照顾她的婴孩,她在他的身上找到一种美,那或许无法隔绝俗世之烦忧,对她却具有救赎的能量。"

伯克海滨

    1
那么,这就是海了,这巨大的搁置。
太阳的热敷膏让我的发炎加剧!

色泽动人的冰冻果子露,被苍白的女孩
自结冰状态舀出,在灼伤的手中穿游于空气。

为何如此安静,她们隐藏着什么?
我有两只腿,我微笑地走动。

沙质的制音器终结了震动;
它绵延数英里,萎缩的声音

呈波状起伏,无一物支撑,只有原先一半的大小。
眼睛的线条,被这些光秃的表面烫伤,

像固定好的橡皮带,弹回原处,打伤主人。
他戴上墨镜,让人觉得奇怪吗?

他爱好黑长袍,让人觉得奇怪吗?
现在他来了,跻身以背排成人墙

挡开他的鲭鱼收购者当中。
他们搬动黑绿相间的菱形物,仿佛挪移身体的部位。

大海,将这些化为晶体,
悄悄离去,像许多条蛇,发出长长的悲鸣声。

    2
这只黑靴对谁都无慈悲之心。
它无此必要,它是灵车,载着一只死掉的脚,

神父高耸、僵死、无趾的脚,
他探测书本水井的深度,

弯曲的字体像风景一样在他眼前隆起。
猥亵的比基尼躲在沙丘里,

乳房和屁股是甜食店里
小小的结晶糖块,搔得光线痒呵呵的,

一座绿色的池子睁开眼睛，
刚才吞下的东西让它作呕——

肢体，影像，尖叫。在混凝土碉堡的后面
两个恋人分开紧贴的身体。

噢，白色的海洋陶器，
盛在杯里的叹息，哽在喉间的盐分！

旁观者，在颤抖，
像一条长长的织物，被拖曳着

穿过静止的剧毒，
和一株毛茸茸如下体的野草。

   3
旅馆的阳台上，有东西在闪耀。
有东西，有东西——

钢管轮椅，铝制拐杖。
此等咸咸的甜味。我为何要走到

点缀着藤壶的防波堤的另一边?
我不是护士,既不净白也不懂照料,

我不是微笑。
这些孩子在追逐某样东西,拿着钩子叫喊,

而我的心太小,无法包扎他们严重的过失。
这是一个男人的腹侧:他红色的肋骨,

迸裂如树的神经,而这位是外科医生:
一只如镜之眼——

知识的一个面向。
在某个房间的条纹床垫上,

一个老人正逐渐消逝。
哭泣的妻子也帮不上忙。

那儿有眼睛之石,黄橙又珍贵,
以及舌头,灰烬的蓝宝石。

4

一张结婚蛋糕的脸,以纸折饰为衬底。
现在他多么超凡优越。

好似圣人附体。
戴上翼帽的护士不再那么漂亮了;

她们逐渐枯黄,像被碰触过的栀子花。
床已自墙边收卷妥当。

这就是所谓的完整。真恐怖。
在紧贴着的床单底下,

他上了粉的鹰钩鼻如此亮白无伤地挺立,
他究竟穿着睡衣还是晚礼服?

他们用一本书撑住他的下颌,直到它僵硬,
并且将他双手交叉,它们挥摆着:别了,别了。

现在,洗好的床单在阳光下飘舞,
枕头套的香味变得浓郁。

这是一份祝福,一份祝福:

皂色橡木制成的长棺,

好奇的抬棺人,以及出奇镇定地
以银色字体铭刻自己的新鲜日期。

    5
阴灰的天空低垂,山丘仿如一片碧海
层层堆叠地向远处起伏,藏匿着它们的山谷,

妻子的思绪在谷中摇晃——
钝拙,实用的船只

满载衣服和帽子和瓷器和已出嫁的女儿。
石屋的客厅里,

一道帘子自开启的窗子闪现光芒,
时而闪烁,时而倾泻,一支可怜的蜡烛。

这是死者的舌头:切记,切记。
而今他已离得好远,与他相关的

一举一动,像起居室的家具,像室内装潢。

在苍白聚集之际——

手的苍白,亲切如邻居面孔的苍白,
随风飘荡之鸢尾花意气风发的苍白。

它们飞走了,飞入虚无:要记得我们。
空荡荡的记忆之长凳俯瞰碑石,

有蓝色纹理的大理石表面,和好几个果冻杯的水仙。
这上面好美:是个可歇脚的地方。

    6
这些菩提树叶胖得好不自然!——
被修剪成一颗颗绿球,树木朝教堂挺进。

牧师的声音,于稀薄空气中,
在大门口迎接遗体,

跟它说话,而群山滚动丧钟的音符;
麦子和未开垦大地的闪耀。

那颜色可有名字?——

凝结之墙的旧血渍由太阳来愈合,

残肢与烧伤之心的旧血渍。
带着黑色袖珍书和三个女儿的那名寡妇,

置身花间有其必要,
将脸紧裹如精纺之亚麻,

不让它再次舒展。
而天空,因贮藏的笑容而蠕动,

递出一朵又一朵的云彩。
新娘花已了无生气,

而灵魂是新娘
在幽静的地方,新郎则鲜红健忘,平淡无奇。

7

在这辆车的玻璃后面,
世界低语,隔绝而轻柔。

身为聚会的成员,我穿着黑衣静默不语,

以低挡跟在灵车之后滑行前进。

牧师是一艘船,
一块涂上沥青的布,难过且呆滞,

追随花车上的棺柩,仿佛一个漂亮女子,
乳房,眼睑与嘴唇构成的浪峰,

朝山顶猛攻。
然后,从有栅栏的庭院,孩子们

闻到黑鞋油融化的味道,
他们转过脸去,无言且迟缓,

眼睛睁大,盯着
一件奇妙的东西——

草地里六顶黑色圆帽和一块菱形木头,
以及一张无遮掩的嘴,鲜红而笨拙。

片刻之久,天空如血浆般注入洞里。
没有希望,已然被放弃。

译注：此诗第七部分提到的"花车"是旧式葬礼的手推车，载着堆放了花圈、花环的棺柩绕行市镇。"鲜红而笨拙"的嘴指的是墓园的红色泥土。一九七〇年，特德·休斯曾为此诗做过如下的注解："一九六一年六月，我们曾到伯克海滨（Berck-Plage）一游，那是鲁昂北部法国海岸的一个海滩和度假胜地。海滨对面有一所医院或残障复健之家。一年后——几乎在同一天——我们的隔壁邻居，一位老先生（Percy Key）在经历短暂的重病折磨后过世。在他罹病期间，她的妻子不断地向我们求助。在这首诗里，普拉斯将那趟海滨之行与老人之死和葬礼加以结合。"诗中提到的葬礼即是 Percy Key 的葬礼。

格列佛

云在你的身体上方行走,
高远,高远且冰冷
还略微扁平,好像

飘浮于隐形的玻璃上。
不像天鹅,
它们没有倒影;

不像你,
它们没有细绳缚绑。
全然冷静,全然蔚蓝。不像你——

你,仰卧在那儿,
两眼望着天空。
蜘蛛人逮住了你,

交织缠绕着他们的小脚镣,
他们的贿赂——
如此众多的绸衣。

他们多么恨你。

在你手指的山谷间交谈,他们是尺蠖。

他们要你睡在他们的柜子里,

这只脚趾和那只脚趾,一种遗迹。

走开!

退到七里格外,像旋转于克里韦利画里的

远方景物,遥不可及。

让这只眼成为猎鹰,

让他嘴唇的阴影成为深渊。

译注:里格(league)是长度单位,一里格相当于三英里,约五公里。克里韦利(Carlo Crivelli,1435—1495)是文艺复兴时期的意大利画家。

到彼方

有多远?

现在还有多远?

车轮的巨大猩猩内部

转动着,令我毛骨悚然——

军火制造商克虏伯的

可怖头脑,黑色枪口

旋转,声音

打卡钟似的记录缺席!宛如大炮。

我必须横跨的是俄国,在某一场战役。

我拖着身子

安静地穿过这一整列货车厢的稻草。

现在是行贿的时机。

车轮吃些什么,这些固着于

被奉若神明之圆弧的车轮,

意志的银色颈链——

无可变动。以及其骄傲!

诸神只知道终点所在。

我是这投递孔里的一封信——

飞向一个名字,两只眼睛。

那里会有火吗？会有面包吗？

这里泥泞不堪。

这是火车停靠站，护士们

接取水龙头之水，它的面纱、女修道院的面纱，

抚触着她们的伤员，

那些男人那鲜血泵涌而出，

腿，手臂被堆放在

无尽哀号的帐篷之外——

一间玩偶医院。

而男人，男人还剩下什么，

被这些活塞，被血

向前推进到下一英里路，

下一小时——

断箭的朝代！

有多远？

我双脚沾有泥巴，

沉重，红色，滑溜。那是亚当之肋，

我自这泥土起身，痛苦至极。

我无法自我抹消，火车正在行驶。

冒着蒸汽，喘着气，它的牙齿

随时都会滚动，如恶魔之牙。

在其尽头有一分钟的时间，

一分钟,一滴露珠。

有多远?

我将抵达之地

是如此渺小,为何还有这些障碍——

这女人的尸体,

烧焦的裙子和死亡面具,

宗教人士、戴花环的孩童前来致哀。

而现在,爆炸声——

雷鸣与枪响。

烈火在我们之间。

是否无一静止之处

能在半空中旋转又旋转,

无人触及也无法触及。

火车拖曳着自己,尖叫——

一头兽

疯狂地奔往那目的地,

那血渍,

那火光尽头的脸孔。

我将把伤者如虫蛹般埋葬,

我将清点并埋葬死者。

让他们的灵魂在露珠里扭动,

在我的轨辙里焚香。

车厢晃动,它们是摇篮。

而我，步出这层裹着
旧绷带，旧烦厌与旧脸孔的皮肤，

步出忘川的黑色车厢，走向你，
纯洁如婴儿。

译注：克虏伯（Krupp），德国钢铁和军火制造商家族。

美杜莎

在那石头口塞形成的沙嘴地形外围,
眼睛被白色棍棒滚过,
耳朵聚纳大海的语无伦次,
你收藏你那令人胆怯的头——上帝之球,
慈悲的晶体。

你的傀儡们
不断地将他们狂野的细胞注入我龙骨脊的阴影,
推涌而过,有如心脏,
最核心的红色斑点,
骑乘激浪到最近的启航点,

拖垂着她们的耶稣之发。
我逃脱了吗?我不确定。
我的心思朝你蜿蜒而去,
你是纠葛如藤壶的老脐带,大西洋电缆,
似乎让自己维持在一种神奇修复的状态。

不管怎样,你始终在那里,

我电话线另一头颤抖的呼吸声，
水的弧线跳升
至我的水位测杆，令人目眩又心怀感激，
抚摸，吮吸。

我并未呼叫你。
根本未曾呼叫你。
尽管如此，尽管如此，
你还是跨海向我驶来，
肥厚又鲜红，令活蹦乱踢的

恋人们瘫痪的一只胎盘。
眼镜蛇的光
将气息压挤出晚樱科植物的
血色钟形花。我吸不到任何空气，
身亡，一文不名，

过度暴露，像 X 光。
你以为你是谁？
圣餐饼？哭肿的马利亚？
我绝不会咬食你的身体，
我居住的瓶子，

令人毛骨悚然的梵蒂冈。
那滚烫之盐令我厌恶至极。
你的祝福,惨绿如太监,
对我的罪孽发出嘶声。
滚开,滚开,滑溜如鳗的触须!

我们之间毫无瓜葛。

译注:美杜莎(Medusa,又译梅杜莎)是希腊神话中福耳库斯和海妖刻托所生之戈耳工(Gorgon)三姐妹之一。根据诗人奥维德的《变形记》所述,她原是美丽少女,因私会海神波塞冬(也有版本称因美杜莎自恃长得美丽,不自量力地和智慧女神雅典娜比美),雅典娜一怒之下,将美杜莎的头发变成纠结的毒蛇,让她成了面目丑陋的怪物,并且对她施以诅咒:任何直视她双眼的人都会变成石像。

深闺之帘

玉——
腹侧之石,
青嫩亚当

剧痛之腹侧,我
微笑,跷着腿,
谜样的,

变动我的清澈。
如此珍贵。
太阳将这肩膀擦得透亮!

而一旦
月亮,我这位
孜孜不倦的表姊妹

升起,带着癌般的苍白,
拖曳着树木——
丛生的小息肉,

小网子,
我的能见度便躲藏起来。
我像镜子一般发出幽微之光。

新郎抵达这一面,
众镜之主宰。
他自己引导自己

进入这些丝质的
帘幕,这些沙沙作响的附属品。
我呼吸,嘴上的

纱罩掀动它的帘子。
我遮眼的
纱罩是

环环相连的彩虹。
我属于他。
即便他

不在,我
依然在我那充斥不可能的

剑鞘里自转,

在这些长尾小鹦鹉,金刚鹦鹉之间
我无价且无言。
喋喋不休者啊,

睫毛的侍从!
我将释出
一根羽毛,像孔雀一般。

唇之侍从!
我将释出
一个音符

粉碎
空气的枝形吊灯——
它成天不停地逗弄

它的水晶,
一百万个无知者。
侍从们!

侍从们!

针对他的下一步,
我将释出

我将释出——
从那个被他当成一颗心守护的
佩戴首饰的小玩偶里——

那头母狮,
浴缸中的尖叫,
满是破洞的斗篷。

译注:Purdah 是印度和伊斯兰教地区为使妇女不让男人或陌生人看见而用的闺房帘幕,或妇女头部和颈部的遮盖物;亦解作深闺制度。

月亮与紫杉

这是心灵之光,冷冽,如行星般飘忽。
心灵之树是黑的。光是蓝的。
绿草在我的双足卸下忧伤,仿佛我是上帝,
刺痛了我的足踝,轻诉它们的卑微。
迷离醉人的雾霭笼罩和我的屋子
仅一排墓石之隔的这个地方。
我完全看不到眼前的去向。

月亮不是一扇门。它自身即是一张脸,
白如指关节,且极度不安。
它拖曳大海,像拖着一桩邪恶罪行;它不作声,
彻底绝望地张大了嘴。我住在这里。
礼拜天的两次钟声惊撼了天空——
八根大舌证实了耶稣复活。
最后,它们清醒地敲响自己的名字。

紫杉朝向天空,有哥特式建筑的风格。
眼睛顺着它向上望,就可发现月亮。
月亮是我的母亲。她不像马利亚那般可亲。

她的蓝色衣裳释出一只只小蝙蝠和小猫头鹰。
我多么愿意相信温柔的存在——
那张肖像的脸,在烛光下显得柔美,
垂下温柔的眼睛,特别望着我。

我已坠落得很深了。云朵正绽放,
青蓝又神秘,在群星的脸庞上方。
教堂里,圣人们都将变蓝,
以纤弱的双脚飘浮于冰冷的长椅之上,
他们的手与脸因神圣而僵硬。
这一切,月亮全都没看见。她光秃又带野性。
紫杉的讯息则是黑——黑,以及沉默。

译注:普拉斯德文郡的住屋西边有座墓园,园里种有一棵紫杉,普拉斯站在卧房窗口即可看见此树。某日黎明满月时分,普拉斯在休斯的建议下以此为题材写下这首诗。普拉斯曾为此诗做过如下的注解:"我不喜欢思索我自己不曾写入诗作中的所有事物——熟悉、有用和有价值的事物。那棵树以惊人的自我中心意识掌控了全局。它不是小镇上某个女人住家路上的教堂边的一棵紫杉,不像可能出现在小说中的那种描述。噢,不是那样。它屹立在我的诗作中央,熟练地操纵着它的黑影、墓园的声音、云朵、飞鸟,我凝视它时心中淡淡的忧郁——所有一切!我镇压不了它。最后,我的诗成了一首关于紫杉的诗。这棵紫杉过于骄傲,不会只是一篇小说里偶然出现的黑色标记。"

生日礼物

这是什么,在这面纱底下,它是丑,是美?
它闪闪发光,它有乳房吗?有刀刃吗?

我确信它独一无二,我确信它正是我冀盼之物。
当我安静地做饭时,我觉得它在看,觉得它在想

"这是我现身的理由,
这是被选中者,有黑眼眶和一道疤的那个吗?

量取面粉,去掉多余部分,
坚守规则,规则,规则。

这是为了天使报喜而存在吗?
神啊,真好笑!"

但它闪烁光芒,未曾停歇,我想它想要我。
无论它是骨头,或一粒珍珠纽扣,我都不会介意。

反正,今年我并不奢望什么礼物。

毕竟，我活着纯属偶然。

那一回我原本可以任何方式开心地自杀。
现在有这些面纱，帷幕般闪闪发光，

一月窗的透明缎子，
白如婴儿寝具，闪光中带着死亡气息。噢，象牙！

那一定是一根长獠牙，一个幽灵圆柱。
你难道看不出来我不在乎它是什么。

你不可以给我那东西吗？
别难为情——我不介意它体形小。

别小气，我已为庞然大物做好准备。
那我们朝它而坐，各据一方，欣赏那微光，

那光滑的表层，那如镜的变化。
让我们在其上吃最后的晚餐，当它是医院的盘子。

我知道你为何不把它送给我，
你非常害怕

世界会尖叫一声上升,你的头也随之而去,
浮雕的,铜制的,一面年代久远的盾牌,

让你的曾孙们赞叹之珍品。
别怕,并非如此。

我只会收下它,静静走到一旁。
你甚至不会听到我打开它,不会有纸张碎裂声,

不会有垂落的缎带,不会有最后那声惊叫。
我想你不会嘉许我如此审慎。

多希望你知道那些面纱是如何毁掉我的日子。
对你而言,它们只是些透明物,清澈的空气。

但是神啊,这些云朵有如棉花——
成群结队。它们是一氧化碳。

香甜地,香甜地我吸入,
填满我的血管,以隐形之物,以那百万颗

让岁月滴答而逝的可能微粒。
你为这盛典穿上银色套装。噢,计算器——

你不可能就此罢休,彻底放手吗?

你非得将每一张都盖上紫色戳记吗?

你非得尽你所能赶尽杀绝吗?

这里有我今天想要的东西,唯独你能给我。

它就立在我窗口,广大如天空。

它从我的床单呼吸,寒冷、死寂的中心,

撕裂的生活在那儿凝结、僵化成为历史。

别以手指交给手指的邮寄方式送来。

别以口传的方式送来,等它全数送达时,

我该已六十岁,知觉麻木无法用它了。

就揭下那层面纱,面纱,面纱吧。

倘若是死亡,

我会赞赏其深沉的庄严,永恒的眼睛。

我会知道你是认真的。

到时就会出现一种高贵,就会有一次生日。

刀子就不会是用来切开肉的,而是参与,

纯净如婴儿的啼声,
而宇宙自我身旁悄悄溜走。

十一月的信

亲爱的,这世界
突然改变,改变了颜色。街灯
穿透鼠尾似的金莲花豆荚
亮光迸射,在早晨九点的时候。
这里是北极圈,

这小而黑的
极圈,长着丝状的黄褐细草——婴儿的毛发。
空气中有一股绿意。
轻柔,惬意。
软垫般慈爱地呵护着我。

我满脸通红浑身温暖。
我以为自己巨大无比,
如此傻傻地乐着。
我的威灵顿长筒靴
一趟又一趟踩遍这美丽的红。

这是我的财产。

一天两次
我踱步其上,嗅闻
有着铬绿扇贝气味的原始
冬青,纯净的铁,

以及陈年尸骨堆砌成的墙。
我爱它们。
我爱它们,就像爱历史一般。
这些苹果是金黄的,
试想——

我的七十棵树,
在灰色的死亡浓汤中
撑举着赤金色的果球,
它们数百万片
金黄的树叶,金属般,无声无息。

噢亲爱的,噢独身者。
除了我,没有人
会在这及腰的湿意中漫步。
这些无可取代的
金色流着血,色泽渐深,温泉关之口。

译注：温泉关（Thermopylae）是希腊境内的渡河关口，一边是大海，另外一边是陡峭的山壁，地势险要。该地附近有热涌泉，因而得名。Thermopylae 意为"热的入口""炽热的门"。

失忆症患者

没有用,没有用的,现在乞求认可。
对如此美丽的空白,除了抚平它,别无他途。
姓名,房子,汽车钥匙,

那娇小的玩具老婆,
被擦拭掉,叹息,叹息。
四个婴儿和一只长耳猎犬。

小如虫的护士和一名袖珍医生
帮他盖好棉被。
陈年往事

自他的皮肤剥落。
连同相关的一切都冲进排水管!
他抱着枕头

仿佛抱着他始终不敢碰触的红发姐姐,
梦想能有个新的——
不孕,全都不孕。

梦想能有另外的颜色。
他们四处旅行，旅行，旅行啊，风景
在他们姐弟背后绽放火光，

一条彗星尾巴。
而金钱即是这一切的精液。
一名护士端来

一杯绿色饮料，另一名端来蓝色的。
它们星星般在他两侧升起。
这两份饮料冒出火焰，泛起泡沫。

哦，姐姐，母亲，妻子，
甜美的忘川是我的生命。
我永远、永远、永远也不会回家！

对手

如果月亮微笑,她会跟你很像。
你给人的印象和月亮一样,
美丽,但具毁灭性。
你俩都是出色的借光者。
她的O形嘴为世界哀伤,你的却不为所动,

你最大的天赋是点万物成石。
我醒来身在陵墓;你在这里,
手指轻叩大理石桌,想找香烟,
恶毒如女人,只是没那么神经质,
死命地想说些让人无言以对的话。

月亮也贬抑她的子民,
但白天时她却荒诞可笑。
而另一方面,你的怨怼
总经由诸多邮件深情地定期送达,
白色,空茫,扩散如一氧化碳。

没有一天可以不受你的消息干扰,
你或许人在非洲漫游,心却想着我。

爹地

你再也不能,再也不能
这样做,黑色的鞋子,
我像只脚在其中生活了
三十个年头,可怜且苍白,
几乎不敢呼吸或打喷嚏。

爹地,我早该杀了你。
我还没来得及你却死了——
大理石般沉重,一只充满神祇的袋子,
惨白的雕像:一根灰色脚趾
大如旧金山的海狗,

一颗头颅沉浮于怪异的大西洋,
把豆绿色倾注在蓝色之上,
美丽的瑙塞特海滩外的水域。
我曾祈求能寻回你。
啊,你。

操德国口音,在被战争,

战争,战争的压路机
碾压磨平的波兰市镇。
但是这市镇的名称是很寻常的。
我的波兰朋友

说起码有一两打之多。
所以我从未能弄清楚
你去过哪里,根在哪里,
从来无法和你交谈。
舌头在下颚胶着。

胶着于铁蒺藜的陷阱里。
我,我,我,我。
我几乎说不出话来
我以为每个德国人都是你。
而淫秽的语言

一具引擎,一具引擎
当我是犹太人般喀嘎地斥退我。
一个被送往达豪,奥斯维辛,贝尔森的犹太人。
我开始像犹太人那样说话。
我想我有足够的理由成为犹太人。

蒂罗尔的雪,维也纳的清啤酒
并非十分纯正。
以我的吉卜赛血缘和诡异的运道
加上我的塔罗牌,我的塔罗牌
我或许真有几分像犹太人。

我始终畏惧你,
你的德国空军,你的德国腔调。
你整齐的短髭,
和你印欧语族的眼睛,明澈的蓝。
装甲队员,装甲队员,啊你——

不是上帝,只是个卐字
如此黝黑,就是天空也无法穿过。
每一个女人都崇拜法西斯主义者,
长靴踩在脸上,畜生
如你,兽性兽性的心。

你站在黑板旁边,爹地,
我有这么一张你的照片,
一道裂痕深深刻入下颌而不在脚上
但还是同样的魔鬼,一点也不
逊于那曾把我美好赤红的心

咬成两半的黑人。
你下葬那年我十岁。
二十岁时我就试图自杀,
想回到,回到,回到你的身边。
我想即便是一堆尸骨也行。
但是他们把我拖离此一劫数,
还用胶水将我黏合。
之后我知道该怎么做。
我塑造了一尊你的偶像,
一个带着《我的奋斗》眼神的黑衣人

以及一个拷问台和拇指夹的爱好者。
我说我愿意,我愿意。
所以爹地,我终于完了。
黑色的电话线源断了,
声音就是无法爬行而过。

如果我已杀一人,我等于杀了两个——
那吸血鬼说他就是你
并且啜饮我的血已一年,
实际是七年,如果你真想知道。
爹地,你现在可以安息了。

你肥胖的黑心里藏有一把利刃,

村民们从来就没有喜欢过你。

他们在你身上舞蹈践踏。

而他们很清楚那就是你。

爹地,爹地,你这浑球,我完了。

译注:瑙塞特,位于美国马萨诸塞州东南的科德角,面向大西洋。达豪、奥斯维辛、贝尔森为集中营名称。蒂罗尔,奥地利西部山岳地带。《我的奋斗》,希特勒自传。普拉斯曾为此诗做过如下的注解:"此诗的说话者是一名有恋父情结的女子。她把父亲当作神,他却死了。她父亲是纳粹党员,而母亲可能具有犹太血统,这使得女儿的心情更形复杂。这两股力量在她心中结合,却瘫痪彼此——她必须再现可怖的寓言,才能释放自己。"

你是

小丑般的，乐极了两手趴着，
双脚向星星，头如月亮，
脸腮如鱼。很自然地
无意与绝种的巨鸟为伍。
线轴似的将自己裹起来，
猫头鹰般拖曳着你的黑暗。
沉默如萝卜，从七月四日
国庆节直到愚人节。
噢，隆起来了，我的小面包。

朦胧如雾，又像邮件般被期盼着。
比澳大利亚还要遥远。
驼背的阿特拉斯，四处游历的斑节虾。
舒适小巧如蓓蕾，自在
如腌菜罐里的小鲱鱼。
一篓鳗鱼，满是涟漪。
跃动如墨西哥跳豆。
正确，一如运算无误的总数。
一块洁净的石板，映着你自己的脸庞。

译注：此诗写于女儿弗莉达出生前数星期。阿特拉斯（Atlas）是希腊神话里的擎天神，属于泰坦神族。他被宙斯降罪用双肩支撑苍天。

高热一〇三度

纯洁?这是什么意思?
地狱之舌
迟钝,钝如

迟钝肥胖的刻耳柏洛斯的三根舌头,
它在冥府大门口喘息。无能
舔净

寒战的肌腱,罪恶,罪恶。
火种在泣诉。
熄灭的蜡烛

驱不散的气味!
亲爱的,亲爱的,这低低的烟雾从我身上
飘出如伊莎多拉的围巾。我恐怕

有条围巾会紧紧缠住轮子。
如此黄且阴郁的烟雾
自己衍生出元素。它们不会上升,

只是绕着地球滚动,
闷死老者和弱者,
小儿床里

虚弱的温室婴儿,
把其空中花园悬于空中的
惨白的兰花,

邪恶的花豹!
辐射使它变白,
不到一个小时就毙命。

在通奸者的身上涂抹油脂
像广岛的灰烬,并且吞噬着。
罪恶。罪恶。

亲爱的,整个晚上
我都闪烁不定,暗,明,暗,明。
被褥变得和色鬼的亲吻一样沉重。

三天。三夜。
柠檬水,鸡肉

汁，水汁使我呕吐。

我太纯洁了不适合你或任何人。
你的身体
刺伤我，就像世人刺伤上帝。我是灯笼——

我的头是日本纸
扎的月亮，黄金槌薄的皮肤
极其纤细，极其昂贵。

我的热度没有吓坏你吗？还有我的光。
自依自在，我是株巨大的山茶，
熠熠闪耀，一收一放，波波亮光泛涌。

我想我在上升，
我想我可以升起——
灼热的金属珠子飞着，而我，亲爱的，我

是纯洁的乙炔
童贞女，
由玫瑰守护着，

由吻，由带翼的天使，

由这些粉红色事物所代表的一切含义守护着。

不是你,也不是他

也不是他,也不是他

(我的自我逐渐瓦解,老妓女的衬裙)——

飞向天堂。

译注:高热一○三度指华氏度,约 39.4 摄氏度。刻耳柏洛斯,守护冥府的三头犬。伊莎多拉即舞蹈家邓肯(Isadora Duncan, 1877—1927)。她在参加宴会出来后,踏上汽车,当汽车发动时,她颈上的长围巾被卷进轮中,将她活活绞死。普拉斯曾为此诗做过如下的注解:"这首诗讲述两种火——让人痛苦的地狱之火,以及让人纯净的天堂之火。随着诗作的开展,第一种火在饱经折磨之后,提升为第二种火。"

养蜂集会

在桥头与我碰面的是些什么人?是村民们——
教区牧师,助产士,教堂司事,蜜蜂代理商。
我身穿无袖夏季洋装,无护身之物,
而他们全都戴了手套和帽子,为何无人告知我?
他们微笑着取下别在古旧帽子上的面罩。

我赤裸如一根鸡脖子,我不讨人喜欢吗?
不是,养蜂会秘书带了一件她店里的工作服,
替我扣好腕部袖扣以及从颈到膝的缝隙。
我现在是马利筋的穗须,蜂群察觉不到的。
它们不会嗅到我的恐惧,我的恐惧,我的恐惧。

哪位是教区牧师?是那个黑衣人吗?
哪位是助产士?那是她的蓝外套吗?
每个人都点着黑色的方形头,他们是戴着面甲的骑士,
腋窝下捆扎着粗棉布做成的胸甲。
他们的微笑与声音不一样了。我随他们穿过一片豆子田,

一条条锡箔像人似的眨着眼,

羽毛掸子在豆苗花海中扇动它们的手,
淡黄的豆苗花有着黑眼睛和看似烦闷之心的叶片。
须茎卷拉起的谷筋,可是凝结的血块?
不,不,那是有一天可供食用的猩红色花朵。

现在他们给我一顶时髦的白色意大利草帽
和一块与我脸相搭的黑面纱,将我变成他们的一员。
他们带我走向修剪过的树丛,蜂巢围成的圆圈。
这如此令人作呕的气味可是出自山楂?
山楂光秃的躯干,迷醉自己的孩子。

某个手术正在进行吗?
我的邻居们等候的是外科医生,
这穿戴绿头盔,
亮手套和白袍的幽灵。
是肉贩,杂货商,邮差?某个我认识的人吗?

我无法跑,我已生了根,荆豆刺痛我,
以它黄色的豆荚,钉刺状的武器。
我一旦开始奔跑,就得永不停歇地奔跑。
白色蜂巢温暖舒适,一如处女蜂,
封锁住她的孵巢,她的蜂蜜,而后轻声嗡鸣。

烟雾在树丛里翻卷缭绕。
蜂群的智者认为一切都完了。
它们来了,前导车队,骑着歇斯底里的橡皮带。
我若站立不动,它们会以为我是峨参,
一个未经仇恨洗礼的易上当脑袋,

连头都没点一下,灌木树篱中的大人物。
村民打开蜂箱,猎捕蜂后。
她正躲着?在吃蜂蜜吗?她非常聪明。
她老了,老了,老了,得再活一年,她心里明白。
在指关节似的巢室中,新一代的处女蜂们

梦见一场她们必然获胜的决斗。
一道蜡帘阻隔了她们的求偶飞行,
女凶手进入爱她的天堂的飞升之旅。
村民们挪动处女蜂,不会有杀戮行动。
老蜂后不现身,如此不知感恩吗?

我筋疲力竭,筋疲力竭——
飞刀射来而眼前昏黑的白色柱子。
我是不畏缩的魔术师女助手。
村民正在卸除伪装,他们彼此握手。
树丛中那只白色长箱是谁的,他们完成了什么,为何我全身发冷。

译注：蜂后是蜜蜂群体中唯一能正常产卵的雌性蜂。在蜜蜂家族成员中，蜂后（或称蜂王）是唯一具有产卵、生殖能力的雌蜂，其寿命远比其他蜜蜂长，除了负责繁殖后代，在蜂群中也居统治地位。处女蜂是尚未交配的雌蜂。在蜂群的繁殖季节，蜂群会修筑多个王台哺育新的蜂后，第一个出台的新蜂后会杀死未出台的蜂后，以继承老蜂后的蜂巢，成为新的蜂后，通常老蜂后会在新蜂后出台前带领一部分蜜蜂离开原巢。雄蜂的唯一职责是与蜂后交配，交配时蜂后自巢中飞出，所有雄蜂随后追逐，此举称为"婚飞"（求偶飞行）。蜂后的婚飞择偶是通过飞行比赛进行的，只有获胜的雄蜂才能成为其配偶。交配后，雄蜂的生殖器脱落在蜂后的生殖器中，雄蜂随后死亡。

蜂箱的到临

我订购了这个,这干净的木箱
方如座椅而且重得几乎无法搬动。
我会把它当成侏儒或
方形婴儿的棺柩,
要不是里面这么嘈杂。

这个箱子是锁着的,
它是危险的。
我得和它一起过夜,
我无法远离它。
没有窗户,所以我不能看到里面的东西。
只有一道小小的铁栅,没有出口。

我把眼睛搁在铁栅上。
它黑暗,黑暗,
让人觉得是一群聚集的非洲奴工,
渺小,畏缩,等着外销,
黑与黑堆叠,愤怒地向上攀爬。

我怎样才能释放它们?

就是这种噪音最令我惊吓,
无法理解的音节。
像罗马的暴民,
个别观之,很渺小,但是聚在一起,天啊!

我附耳倾听狂怒的拉丁语。
我不是恺撒大帝。
我只不过订购了一箱疯子。
它们可以退回。
它们可以死去,我不必喂食它们,我是买主。

我不知道它们有多饥饿。
我不知道它们是否会忘记我
如果我开了锁并且向后站成一棵树。
那儿有金链花,它金黄的柱廊,
以及樱桃的衬裙。

它们可能立刻不理睬
穿着登月太空装,戴着黑纱的我。
我不是蜂蜜的来源。
它们怎么可能转向我?
明天我将做个亲切的神,还它们自由。

这个箱子只是暂时摆在这儿。

蜂螫

我徒手搬递蜂窝。
那白衣男子微笑,也是徒手,
我们的粗棉布护手套整洁可人,
手腕的开口处有勇敢的百合。
他与我

之间隔着一千个干净的蜂巢,
八只黄色杯子状的蜂窝,
蜂箱本身就是个茶杯,
白色杯身有粉红花图案。
我带着极度的爱意为它上釉,

心里想着"甜美,甜美"。
孵巢灰暗,一如贝壳化石
令我恐惧,它们似乎很老。
我买的是什么?虫蛀的桃花心木箱吗?
里面到底有无蜂后?

即使有,她也老了,

双翅是撕裂的披肩,长长的身体
被磨光了长毛绒——
既可怜又赤裸又无后仪,甚至丢人现眼。
我站在一列

长着翅膀,平凡无奇的妇女纵队中,
采蜜的苦力。
我绝非苦力,
虽然多年来我吃尘土,
用我浓密的头发擦干餐盘。

看着自己的奇异特质蒸发,
蓝色露珠消逝于危险的皮肤。
她们会不会恨我,
这些只会忙进忙出,
关心的只是樱桃与苜蓿开花消息的妇女?

快结束了。
我掌控全局。
我的制蜜机在这儿,
它不假思索便能运转,
开启,在春天,像一只勤劳的处女蜂

搜寻逐渐凝成乳脂的花冠，
一如月亮，为了它象牙白的粉末，搜寻海面。
第三者正在注视。
他与蜜蜂贩子或与我都不相干。
现在他已离去，

距离八大步之远，一头绝佳的代罪羔羊。
这里是他的一只拖鞋，这里是另一只，
这里还有他用来当帽子戴的
白麻布方巾。
他曾是甜美的，

勤奋工作，汗如雨下，
用力拖着世界结出果实。
蜂群识破了他，
如谎言般在他双唇上发霉，
让他的五官更形复杂。

它们认为值得一死，但是我
有个自我尚待寻回，一只蜂后。
她死了吗？还是在沉睡？
有着狮红之躯，玻璃之翼的
她上哪儿去啦？

此刻她正在飞翔,

比以往更为可怕,红色

伤疤悬于空中,红色彗星

划过杀害她的引擎上方——

这陵墓,蜡铸的屋子。

译注:工蜂是蜂群中繁殖器官发育不完善的雌性蜜蜂,负责采集花粉、酿蜜、筑巢、饲喂幼虫、清洁环境、保卫蜂群及贮存食物等工作。工蜂蜇人后,其螫针连同肠脏留在人体皮肤中,所以它很快就会死亡。

蜂群

有人在我们的镇上射击——
单调的砰砰声在星期天的街上。
嫉妒能挑起杀戮,
它能制造出黑色的玫瑰。
他们在向谁射击?

刀刃冲着你而发
在滑铁卢,滑铁卢,拿破仑,
厄尔巴岛的隆肉驼在你短小的背上,
而霜雪,引导着它光亮的刀剑
一堆一堆地,说着谎!

嘘!这些是与你对弈的棋子人,
静止的象牙形象。
泥泞在喉际蠕动,
法国靴底的踏脚石。
镀了金的粉红色俄国圆顶熔解并且飘落

于贪婪的熔炉里。云朵,云朵。

蜂群如是呈球状,逃逸入
七十英尺上空,一棵黑色的松树。
它一定会被击落。砰!砰!
它竟愚蠢得以为子弹是雷声隆隆。

它以为那是上帝的声音
赦免狗的鼻,爪,龇牙咧嘴,
黄色后腿的狗,一条驮运的狗,
对着它的象牙骨头咧笑
像那群狗,那群狗,像每一个人。

蜜蜂已飞得如此遥远。七十英尺高!
俄国,波兰和德国!
温驯的山丘,相同的古老而紫红的
田野皱缩成一枚便士
旋入河流,河流被越过。

蜜蜂争辩着,围聚成黑色球体,
一只飞行的豪猪,全身长满了刺。
那灰手的人站在它们梦想的
蜂房下,蜂巢车站,
那儿火车们,忠实地循着钢铁的圆弧,

离站进站,这个国度没有尽头。

砰,砰!它们掉落

瓦解,落入常春藤的树丛里。

双轮战车,骑从,伟大的皇军到此为止!

红色的碎布,拿破仑!

最后的胜利徽章。

蜂群被击入歪斜的草帽。

厄尔巴,厄尔巴,海上的气泡!

军官,上将,将军们白色的胸像

爬行着把自己嵌入神龛。

这多么具有教育意味啊!

沉默,条纹的身体

在铺有法兰西之母软垫的船板前行

坠入一座新的陵墓,

象牙的宫殿,丫杈的松树。

那灰手的人微笑着——

商人的微笑,十足的现实。

那根本就不是手

而是石棉容器。

砰,砰!"不然它们会干掉我的。"

大如图钉的蜂螫!

蜜蜂似乎具有荣誉的观念,

一种黑色、顽强的心智。

拿破仑大悦,他对一切都很满意。

哦欧洲!哦一吨重的蜂蜜。

译注:蒙眼在凸出舷外的船板上行走而落海(walk the plank),是十七世纪海盗处死俘虏的一种方式,后来引申为"被迫放弃"之意。休斯为此诗所做的注解如下:"蜜蜂群聚时,有时会在高树上结成球状,决定去向。养蜂人会用突来的巨响,譬如枪声,把它们弄到他够得到的较低位置,将之收拢入箱子。然后养蜂人再将蜂群摇落到一个宽大的表面,让之滑进新的空蜂巢。蜜蜂会温驯地进入蜂巢,一如诗末所描述的。"

过冬

这是悠闲时光,无事可做。
我已旋转助产士的吸取器,
拥有自己的蜂蜜,
共六罐,
酒窖里的六只猫眼,

过冬,在无窗的黑暗中,
在屋子的中心,
紧临上一个租屋者腐臭的果酱
以及空洞闪光的瓶子——
某某先生的杜松子酒。

这是我从未踏进过的房间。
这是让我无法呼吸的房间。
黑被纠集于该处,像只蝙蝠,
没有光,
只有火炬和投射于

骇人物体上的中国黄——

黑色的愚钝。腐朽。
占有。
是它们将我占有。
既不残酷也不冷漠,

只是无知。
对蜜蜂而言这是坚持的时节——蜜蜂
动作好慢,我几乎认不出来,
它们像士兵一般
成纵队朝糖浆罐前进

去补足被我取走的蜜。
泰莱白糖让它们活下去,
精炼之雪。
它们靠泰莱白糖,而非花朵,维生。
它们吃它。寒气到临。

它们围聚成球状,
与所有的白
对抗的黑色心智。
雪的微笑是白色的。
它铺展自己,一英里长的梅森瓷器厂,

在暖日，它们只能

将死者搬入其内。

蜜蜂都是女人，

侍女和修长的皇家贵妇，

她们已摆脱男人，

那些迟钝，笨拙的蹒跚者，那些乡下人。

冬季是女人的季节——

那妇人，依然编织着毛线，

在西班牙胡桃木的摇篮旁，

她的身子是受冻的球茎，喑哑得无法思索。

这群蜜蜂会存活下来吗？这些剑兰

能够将它们的火储存起来

迈入来年吗？

它们尝起来是何滋味？圣诞玫瑰吗？

蜜蜂在飞翔。它们品尝春天。

译注：泰莱公司（Tate & Lyle）是英国糖业和农业加工大厂，于一九二一年由英国两家制糖公司（Henry Tate & Sons and Abram Lyle & Sons）合并而成，因而得名。梅森（Meissen），德国瓷器工厂，是欧洲第一个瓷器厂，成立于十八世纪。蜜

蜂有特殊的御寒方式：当巢内温度低时，它们在蜂巢内互相靠拢，聚结成球状体，温度越低，球团结得越紧，使表面积缩小，密度增加，以防止降温过多。同时，它们还通过多吃蜂蜜和加强运动来产生热量，以提高蜂巢内的温度。蜂后和工蜂都是雌蜂，雄蜂在交配过后即死亡，蜂巢可说是一个以女性为主宰的社会。

"休斯编辑本"选入诗
（十四首）

雾中之羊 (Sheep in Fog)

一座座山丘遁入白茫茫之中。
人们或星辰
都哀戚地注视我,我让他们失望。

火车留下一道气息。
啊,缓步的
马匹,铁锈的色泽,

马蹄,忧伤的铃铛——
整个早晨啊
早晨越来越昏暗,

一朵被遗漏的花。
我的骨头静止不动,远方的
田野融化了我的心。

他们扬言
要让我通达一座天堂,
无星、无父,一片黑水。

(1962 年 12 月 2 日,1963 年 1 月 28 日)

玛丽之歌（Mary's Song）

礼拜日烤羔羊的油脂噼啪爆响。
油脂
献祭出它的乳浊……

一扇窗子，圣洁之金色。
火使它变得珍贵，
同样的火

熔化了多油脂的异教徒，
驱离了犹太人。
他们厚厚的棺罩飘浮

于波兰与被烧毁的德国的
瘢痕之上。
他们并未死去。

灰色鸟群萦绕我心，
嘴之灰烬，眼之灰烬。
它们各安其位。在高高的

断崖上,
将一个人倒入太空的断崖上,
火炉灼烧,宛如天堂,炽热辉煌。

它是一颗心,
我走进这场大屠杀中,
噢,这世界将杀而食之的金色小孩。

(1962 年 11 月 19 日)

悬吊的人 (The Hanging Man)

某个神祇抓住我的发根。
我在他蓝色电流里咝咝作响像沙漠中的先知。

夜晚如蜥蜴的眼睑一眨猛然消逝:
无遮蔽的眼窝中赤裸裸白色日子的世界。

兀鹰般的倦怠把我钉在这树上。
倘若他是我,也会做同样的事。

(1960 年 6 月 27 日)

小赋格 (Little Fugue)

紫杉的黑色手指摇摆；
冰冷的云朵行过上方。
聋子和哑巴如是
发信号给盲者，全都未被理睬。

我喜欢黑色的陈述。
此刻，那云朵平淡无奇！
白得和一只眼一模一样！
盲钢琴师的眼，他

在船上与我同桌用餐。
他摸索食物，
手指长着黄鼠狼的鼻子。
我无法移开视线。

他听得见贝多芬：
黑色紫杉，白色的云，
可怖的纷繁。
手指的陷阱——琴键的喧哗。

空虚愚蠢，有如盘碟，
盲者于是笑了。
我羡慕那巨大的噪音，
《大赋格》的紫杉树篱。

耳聋是另一回事。
如此黑暗的漏斗啊，父亲！
我看见你的声音，
黑色，多叶，和我童年时一样，

层级森然的紫杉树篱，
哥特式，野蛮——纯粹的德国风。
死者的哭喊自那里传来。
我无一丝罪恶感。

那么，紫杉是我的基督。
它不也同样饱受折磨吗？
而你，大战期间，
在加州的熟食店

剁着香肠！
它们为我的睡梦着色，
红色的，斑驳的，像砍断的脖子。
一片寂静！

另一层级的巨大寂静。
当时我七岁,懵懂无知。
世界浮现。
你剩下一条腿,和一个普鲁士头脑。

现在,相似的云朵
正铺展它们虚无的床单。
你一句话也不说吗?
我的记忆跛着腿。

我记得一只蓝眼睛,
一只装了橘子的公文包。
这即是一个男人了!
死亡敞开,像一株黑树,黑黑的。

我挺过了这段时间,
梳理我的早晨。
这些是我的手指,这是我的婴孩。
云朵是婚纱,带着那股苍白。

(1962年4月2日)

译注:《大赋格》(*Grosse Fuge*),贝多芬晚期弦乐四重奏(Op.133,降 B 大调)。休斯说普拉斯在写作此诗的阶段对贝多芬晚期弦乐四重奏极感兴趣,特别是此曲。

年岁 (Years)

它们进场,像来自冬青外太空的
动物,彼处尖刺不是
我如瑜伽修行者般开启的意念,
而是绿与黑,如此纯粹,
它们凝结,具体存在。

噢上帝,我不像你
在你空无的黑暗中,
星星四处依附,明亮愚蠢的五彩碎纸。
永恒让我厌烦,
我从来不想得到。

我爱的是
运动中的活塞——
我的灵魂死于其前。
还有马群的奔蹄,
它们无情的翻腾。

而你,伟大的壅滞——

究有什么伟大!

门口这吼声,可是今年的老虎?

可是一位基督,

他心中

可怖的微小神性

极渴望飞翔并以此做一了结?

血色浆果自在清明,非常镇定。

马蹄无此能耐,

活塞在蓝蓝的远方咝咝作响。

(1962年11月16日)

慕尼黑衣架模特儿（The Munich Mannequins）

完美是可怕的，生不出孩子。
冰冷如雪的呼吸，堵死子宫

紫杉在其内爆裂如九头蛇，
生命之树和生命之树

释出它们的月亮，月复一月，全无结果。
鲜血的涌出是爱的涌现，

纯粹的牺牲。
意味着：别无偶像，除了我，

我和你。
如是，带着她们硫黄质的可爱，带着微笑，

这些衣架模特儿今夜倚身
慕尼黑，这巴黎与罗马之间的停尸间，

她们裸体，秃头，披着毛皮，

银棍上的橘色棒棒糖,

难以忍受,没有思想。
白雪落下片片黑暗,

四下无人。在旅店中
一双双手将会开门,摆放

等候碳擦亮的鞋子
让宽脚趾明天穿着离去。

噢,这些窗子的居家味,
婴儿蕾丝,绿叶糕点糖果,

沉睡于深不见底之骄傲里的魁肥德国佬。
挂钩上的黑色电话

闪闪发光,
一边闪烁,一边消化着

缄默。雪缄默无声。

(1963年1月28日)

图腾 (Totem)

引擎在残害轨道,轨道是银色的,
向远处延伸。它终究会被吞没的。

它的奔逃徒劳无功。
夜幕低垂时,淹没的田野是一幅美景,

黎明将农夫像猪崽一样镀上金箔,
穿着厚外套重心有点不稳,

前方是史密斯菲尔德的白色高塔,
他们记挂的肥臀和血。

切肉刀闪闪发光,无慈悲可言,
屠夫的断头台低语:"这样如何?这样如何?"

野兔在碗里堕胎,
它胎儿的头易位,浸在香料里防腐,

被剥去了毛皮和人性。

让我们把它当作柏拉图的胞衣吃下,

让我们把它当作基督吃下。
彼等曾贵为要人——

他们的圆眼、牙齿、鬼脸
在一根咔嗒咔擦作响的棍子,一条假蛇上。

眼镜蛇的伞状颈部会让我胆寒吗?——
它眼中的孤独,天空

恒在其中穿梭的群山之眼?
这世界热如血而且私密

黎明满脸血红地说道。
没有终点站,只有手提箱

同一个自我像一套衣服般自其中展开,
光溜溜又亮晶晶,还有好几个口袋

装满愿望、概念和票券,短路和折叠镜。
蜘蛛挥舞它众多的手臂,高喊:我疯了。

而事实上,这很可怕,
在苍蝇的眼中成倍数增加。

它们在无边无际的网中
嗡嗡作响,像忧郁的孩童,

一端被带着许多棍子的
死神用绳子圈住。

(1963年1月28日)

译注:史密斯菲尔德(Smithfield),伦敦中央市场,英国最大的肉品批发市场。普拉斯在她的伦敦寓所可看到其白色高塔。

瘫痪者 (Paralytic)

发生了。会这样下去吗?——

我心如岩,

无手指可抓取,也没有了舌头,

我的神是铁肺,

它爱我,替

我的两个

集尘袋打气抽气,

不会

让我重蹈覆辙,

而户外的白昼悄然流逝,像收报机的纸带。

夜带来了紫罗兰、

眼睛的绣帷,

灯光,

不知名姓的轻声

说话者:"你还好吗?"

浆硬的,无法接近的胸膛。

坏死的卵,我完整地
躺在
一个我无法触摸的完整世界,
在我睡椅

白色,紧绷的鼓上,
相片们前来探视我——
我的妻子,已故,干扁,穿着二十年代的皮草,
满嘴都是珍珠,

两个女孩,
和她一样干扁,低声说:"我们是你的女儿。"
静止的水
包覆了我的唇,

眼睛,鼻子和耳朵,
一张我无法扯裂的
玻璃纸。
我裸背仰卧,

微笑着,一尊佛,一切
需求、欲望

从我身上坠落,如指环
拥抱自身的光。

木兰花的
爪瓣,
沉醉于自己的香气,
于生无所求。

(1963年1月29日)

气球 (Balloons)

打从圣诞节,它们就和我们一起生活,
无心机且清朗,
椭圆的灵性生物,
占据了一半空间,
移动摩擦于丝质的

隐形气流之上,
受到攻击,便嘎吱一声
砰然爆裂,急速歇止,奄奄一息。
黄色的猫头,蓝色的鱼——
我们与如此奇异的月亮共处一室

而非僵死的家具!
草席,白墙
以及这些充注了稀薄空气的
游走球体,红色,绿色,
赏心悦目

仿佛愿望或自由自在的

孔雀为古老的大地
祈福，以一根星辰之铁
打造的羽毛。
你幼小的

弟弟正把玩着气球
让它发出猫一般的叫声。
他似乎看到
气球另一边有个好玩又好吃的粉红世界，
他咬了一口，

接着身体
往后坐，肥嘟嘟的水罐
凝视着一个清澈如水的世界。
一块红色
碎片在他小小的拳头之中。

（1963 年 2 月 5 日）

七月的罂粟花 (Poppies In July)

小小的罂粟花,小小的地狱火焰,
你们无害吗?

你们闪烁不定。我无法捉摸。
我将手伸入火焰中。丝毫不觉灼烫。

令我疲惫,看着你们兀自
摇曳,褶皱斑斑又红澄澄的,如嘴之皮肤。

刚流过血的嘴。
血淋淋的小裙子!

有些烟雾我触不到。
你们的鸦片剂和令人作呕的胶囊在哪里?

但愿我能流血,或者入睡! ——
但愿我的嘴能与那样的创伤结缡!

或者你们的汁液渗向我,渗入这玻璃器皿里,让我感觉迟钝,心情平静。

却没了颜色。没了颜色。

（1962 年 7 月 20 日）

仁慈 (Kindness)

仁慈在我的屋里四处滑行。
仁慈女士,她如此和蔼可亲!
她戒指上蓝色红色的宝石
在窗口冒出烟雾,镜子
满是笑意。

还有什么和孩子的哭声一样真切?
兔子的叫声也许更为张狂
但它没有灵魂。
糖能疗愈一切,仁慈如是说。
糖是必要的流质,

它的结晶体是一小贴药膏。
仁慈啊,仁慈
贴心地捡起碎片!
我的日本绸衣,死命挣扎的蝴蝶,
随时都可能被钉住,被麻醉。

而你来了,端着一杯

蒸汽缭绕的热茶。
喷出的血液是诗,
任谁也挡不住。
你交给我两个孩子,两朵玫瑰。

(1963年2月1日)

挫伤 (Contusion)

颜色涌至此点,暗紫色。
身体其余的部位都黯然失色,
珍珠的色泽。

在岩石的凹处
大海着了魔似的吸吮,
一个洞穴,整座海的枢轴。

苍蝇般大小,
末日的记号
缓缓攀墙而下。

心扉关闭,
大海悄然后退,
镜子罩上了布。

（1963年2月4日）

边缘 (Edge)

这个女人已臻于完美。
她死去的

身体带着成就的微笑,
希腊命运女神的幻象

流动于她宽外袍的涡卷里,
她赤裸的

双脚似乎在说:
我们已走了老远,该停下来了。

每一个死去的孩子盘卷着,一条白色的蛇,
在每一个小小的

如今已空了的奶罐子。
她已将

他们卷回自己的体内像玫瑰

的花瓣关闭当花园

凝结而芳香自
夜华甜美、深沉的喉间流出。

月亮没有什么值得哀伤,
自她尸骨的头巾凝视。

她习于这类事情。
她的黑衣拖曳且沙沙作响。

(1963年2月5日)

语字（Words）

斧头
劈落之后，树木鸣响，
发出回声！
回声自树心
荡开，如群马奔驰。

树液
涌出如泪水，如
潭水奋力
在石块上方
重整其明镜，

坠滚、旋转的石块，
一颗白色头颅，
被蔓生如野草的绿波吞噬。
多年之后，我
在路上巧遇它们——

干涸且无人驾驭的语字，

坚持不懈的达达蹄声。
而
自池底，恒在其位的星辰
统领着一个生命。

(1963年2月1日)

普拉斯诗中译七首

巨神像 (The Colossus)

我再也无法将你拼凑完整了,
补缀,黏附,加上适度的接合。
驴鸣,猪叫和猥亵的爆裂声
自你的巨唇发出。
这比谷仓旁的空地还要糟糕。

或许你以神谕自许,
死者或神祇或某某人的代言人。
三十年来我劳苦地
将淤泥自你的喉间铲除。
我不见得聪明多少。

提着熔胶锅和消毒药水攀上梯级
我像只戴孝的蚂蚁匍匐于
你莠草蔓生的眉上
去修补那辽阔无边的金属脑壳,清洁
你那光秃泛白古墓般的眼睛。

自奥瑞斯提亚衍生出的蓝空

在我们的头顶弯成拱形。噢,父啊,你独自一人
充沛古老如罗马市集。
我在黑丝柏的山巅打开午餐。
你凹槽的骨骼和莨苔的头发,对着

地平线,零乱散置于古老的无政府状态里。
那得需要比雷电强悍的重击
才能创造出如此的废墟。
好些夜晚,我蹲踞在你左耳的
丰饶之角,远离风声。

数着朱红和深紫的星星。
太阳自你舌柱下升起。
我的岁月委身于阴影。
我不再凝神倾听龙骨的轧轹声
在码头空茫的石上。

(1959年)

情书 (Love Letter)

很难述说你带来的转变。
如果我现在活着,那么过去就等于死亡,
虽然,像石块一样,不受干扰,
惯性地静止。
你不只是踩到我一英寸,不——
也不只是让我空茫的小眼
再次望向天空,当然不奢求
了解蔚蓝,或者星辰。

以前不是这样。我沉睡,好比像一条
在冬天的白色停滞期
于黑岩中伪装成黑岩的蛇——
一如我的邻居们,不喜欢
那无数轮廓分明的
面颊时时刻刻降下想融化
我的玄武岩双颊。他们诉诸眼泪,
为单调的大自然哭泣的天使,
但说服不了我。那些眼泪结成了冰。
每个死者的头上都戴着冰面罩。

我依然沉睡如弯曲的手指。
我首先看到的是纯粹的空气,
和被封锁的水滴,在露珠中升起,
清澄如精灵。四周众石环聚,
密实堆叠,表情呆滞。
我不知这其中意涵。
我发光,剥落如云母,舒展,
让自己如流体般倾泻
于鸟足和树茎叶柄间。
我未被蒙骗。一眼就认出了你。

树与石闪闪发光,没有阴影。
我的指长透明如玻璃。
我像三月的嫩枝开始抽芽:
一只手臂和一条腿,手臂,腿。
踏石上云,我如是攀升。
而今我仿佛某种神祇
在灵魂转换之时飘浮于空中,
纯净如一格冰窗。这是一份礼物。

(1960 年 10 月 16 日)

生命（A Life）

你摸摸它：它不会像眼球那样退缩，
这卵形的范围，清澈如眼泪。
这里有昨天，去年——
广阔无风的针织绣帷里
花色分明的棕榈芽和百合。

用你的指甲轻叩这玻璃：
它会乒乓作响如中国的乐钟，只要有一丝微风拂过，
虽然里头的人都不会抬头看或者费神回答。
这些居民轻如木塞，
每个人都忙碌不休。

在他们脚边，海浪排成一列鞠躬，
从未暴躁地非法入侵：
停顿于半空中，
套着短缰绳，搔足前进，像阅兵场上的马匹。
头顶上，云朵端坐，饰以流苏，华贵

如维多利亚时代的坐垫。这家族
情人式的脸孔很能讨好收藏家：

看起来很纯正,像上好的瓷器。
另一处的风景比较直率。
光不间断地投落,令人目眩。

有个女人拖着自己的影子绕着
医院里一个光秃的茶碟而行。
它宛如月亮,或一页空白纸张,
好似曾遭受某种私密的闪电战攻击。
她安静地活着,

身无旁物,像瓶中的胎儿,
废弃的屋子,大海,平压成图画,
她有许多空间可进入。
忧伤和愠怒,已被驱散,
听任她独自待着。

未来是一只灰色的海鸥,
用它猫叫似的声音不断说着离去,离去。
年岁和恐惧,像护士般,照看着她;
一名溺水的男子,抱怨水太冰冷,
自海中爬上岸。

(1960 年 11 月 18 日)

采黑莓（Blackberrying）

小径上空无一人，也空无一物，空无一物，除了黑莓，
黑莓植于两侧，虽以右侧居多，
一条黑莓小径，蜿蜒而下，一座海
在尽头的某处，涌动。黑莓
大如我的拇指关节，喑哑如树篱中
漆黑的眼睛，涨满
蓝红的汁液，挥霍于我的指间。
我未曾冀求这样的姊妹血缘；它们一定是爱我的。
为了迁就我的牛奶罐，它们将两侧压平。

穿黑衣的红嘴乌鸦自头顶飞过，聒噪的鸟群——
随风回旋于空中的焚烧过的纸片。
它们是唯一的声音，抗议着，抗议着。
我想海根本不可能出现了。
绿色的高地草原散发光热，像自内部燃起。
我来到一株树丛，熟透的黑莓让它成了一株苍蝇树丛，
它们青蓝的肚皮和翼片悬挂在中国屏风里。
这顿浆果蜜汁餐让它们惊呆了；它们相信真有天堂。
再转个弯，就是黑莓和树丛的尽头了。

现在唯一可能出现的就只有海了。
自两座山丘间刮起的一阵骤风向我袭来，
以其幽灵似的衣衫掌掴我的脸。
山丘太苍翠太甜美，不可能有咸味。
我循着其间的羊径前行。最后一个弯带我
抵达山丘的北面，这一面是橙色的岩石，
面向空无，空无，除了光线锡白的
一块广大空地，和一阵嘈杂，宛如银匠们
不停地锤打一块顽强不屈的金属。

（1961 年 9 月 23 日）

事件 (Event)

土水气火诸元素如何变硬、固化啊!——
月光,那白垩的峭壁,
在其裂缝中我们躺卧,

背对着背。我听见猫头鹰的啼声
自寒冷的靛蓝中传来。
难以忍受的元音进入我心。

白色小床上孩子翻来覆去,唉声叹气,
张开嘴巴,急切地求援。
他的小脸镌刻于痛苦的红木中。

然后还有那些星星——根深蒂固,坚硬。
一触:它燃烧,作呕。
我无法直视你的眼睛。

在苹果花冻结夜晚的地方
我绕指环之圈而行,
旧错磨成的沟槽,深而且苦。

爱无法到达此处。
黑色的鸿沟现形。
在对面的唇上

一个小小的白色灵魂飘动着,一条小白蛆。
我的四肢,也同样地,离我而去。
是谁肢解了我们?

黑暗逐渐融化。我们触碰,如癞子。

(1962 年 5 月 21 日)

小孩 (Child)

你清澈的眼睛是绝美之物。
我想让它装满色彩和鸭子,
物物新奇的动物园

你不停思索它们的名字——
四月的雪铃花,水晶兰,
无皱纹的

小叶柄,
倒影理当
华美典雅的水塘,

而非这因苦恼而
拧绞的双手,这暗
无星光的天花板。

(1963 年 1 月 28 日)

神秘论者（Mystic）

天空是一座铁钩厂——
无法解答的问题，
闪烁、醺醉如苍蝇，
在夏季松树下黑空气聚合的发臭子宫里，
它们的叮吻让人难以消受。

我记得
木屋上太阳的坏死气味，
紧绷的风帆，长长咸咸的裹尸布。
一旦见到了神，补救良方为何？
一旦陷入困顿

无任何部位残留，
没有脚趾，没有手指，而且被耗损，
耗损殆尽，在太阳的烈火中，在
自古代教堂延伸至今的污渍里，
补救良方为何？

圣餐板上的药丸，

死水边的漫步？记忆？
或是在啮齿动物面前，
拾取明亮的基督碎片，
温驯的食花者，愿望

卑微的安适自在者——
在被雨水刷洗的小茅屋里，
在铁线莲的轮辐底下的驼子。
难道没有伟大的爱，只能温柔以待？
大海

可还记得水上的行者？
意义自分子渗漏。
城市的烟囱呼吸，窗户出汗，
孩子在床上跳跃。
太阳灿开，是朵天竺葵。

心脏尚未停摆。

（1963年2月1日）

附录一
为 BBC 广播节目"普拉斯新诗作"所写文稿

在一九六二年十二月十四日的一封书信［后来收录于《家书：书信集，1950—1963》(*Letters Home: Correspondence, 1950-1963*)］里，西尔维娅·普拉斯告诉母亲奥芮莉亚（Aurelia）她"昨天花了一个晚上写一篇很长的广播稿，谈论我打算提交给 BBC 一位感兴趣的人的所有新诗作"。信中提到的英国广播公司人员是道格拉斯·克莱弗登（Douglas Cleverdon）。底下的手稿包括了《申请人》《拉撒路夫人》《爹地》《雾中之羊》《精灵》《死亡公司》《尼克与烛台》和《高热一〇三度》等诗的注解。

我的这几首新诗作有一个共通点：它们的写作时间都是在清晨四点左右——公鸡啼叫之前，婴孩啼哭之前，送牛奶人置放瓶罐发出玻璃音乐之前的静止、清蓝、几近永恒的时刻。它们的另一个共通点，或许就是它们是为耳朵，而非为眼睛，而作；它们是要大声朗读的诗作。

*

在这首题为《申请人》的诗里，说话者是一名业务主管，某种严厉的超级业务员。他想确认申请人是真的需要该公司出产的优越产品，而且保证会善待它。

*

此诗的题目是《拉撒路夫人》。说话者是一名具有厉害又恐怖的再生天赋的女子。问题是，她得先死去才行。你可以说她是凤凰，自由意志的灵魂；她同时也只不过是个善良、平实、足智多谋的女人。

*

此诗的说话者是一名有恋父情结的女子。她把父亲当作神，他却死了。她父亲是纳粹党员，而母亲可能具有犹太血统，这使得女儿的心情更形复杂。这两股力量在她心中结合，却瘫痪彼此——她必须再现可怖的寓言，才能释放自己。

*

在下一首诗里，说话者的马以缓慢、冷静的步伐，走下碎石山坡，朝底下的马厩前进。时间是十二月，雾蒙蒙的。雾中有羊。

*

另一首骑在马背上的诗。诗题"精灵",是我特别喜爱的一匹马的名字。

*

《死亡公司》这首诗探索死亡的双重(或精神分裂症的)本质——布莱克死亡面具大理石般的冷酷,以及蠕虫、水和其他分解代谢物质令人生惧的柔软,两种特质密不可分。我将这两个死亡的面向想象成两个男人,两个前来造访的生意上的朋友。

*

在这首题为《尼克与烛台》的诗里,一位母亲在烛火旁照顾她的婴孩,她在他的身上找到一种美,那或许无法隔绝俗世之烦忧,对她却具有救赎的能量。

*

这首诗讲述两种火——让人痛苦的地狱之火,以及让人纯净的天堂之火。随着诗作的开展,第一种火在饱经折磨之后,提升为第二种火。这首诗的题目是《高热一〇三度》。

附录二
普拉斯亲订本《精灵》各诗写作日期

晨歌（Morning Song）1961 年 2 月 19 日

快递信差（The Couriers）1962 年 11 月 4 日

捕兔器（The Rabbit Catcher）1962 年 5 月 21 日

沙利度胺（Thalidomide）1962 年 11 月 4—8 日

申请人（The Applicant）1962 年 10 月 11 日

不孕的女人（Barren Woman）1961 年 2 月 21 日

拉撒路夫人（Lady Lazarus）1962 年 10 月 23—29 日

郁金香（Tulips）1961 年 3 月 18 日

一个秘密（A Secret）1962 年 10 月 10 日

狱卒（The Jailor）1962 年 10 月 17 日

割伤（Cut）1962 年 10 月 24 日

榆树（Elm）1962 年 4 月 12—19 日

夜舞（The Night Dances）1962 年 11 月 4—6 日

侦探（The Detective）1962 年 10 月 1 日

精灵（Ariel）1962 年 10 月 27 日

死亡公司（Death & Co）1962 年 11 月 12—14 日

东方三贤士（Magi）1960 年

莱斯沃斯岛（Lesbos）1962年10月18日

另一个人（The Other）1962年7月2日

戛然而逝（Stopped Dead）1962年10月19日

十月的罂粟花（Poppies in October）1962年10月27日

闭嘴的勇气（The Courage of Shutting-Up）1962年10月2日

尼克与烛台（Nick and the Candlestick）1962年10月24日

伯克海滨（Berck-Plage）1962年6月28—30日

格列佛（Gulliver）1962年11月3—6日

到彼方（Getting There）1962年11月3—6日

美杜莎（Medusa）1962年10月28日

深闺之帘（Purdah）1962年10月28日

月亮与紫杉（The Moon and the Yew Tree）1961年10月22日

生日礼物（A Birthday Present）1962年9月30日

十一月的信（Letter in November）1962年11月11日

失忆症患者（Amnesia）1962年10月21日

对手（The Rival）1961年7月

爹地（Daddy）1962年10月12日

你是（You're）1960年1／2月

高热一〇三度（Fever 103°）1962年10月20日

养蜂集会（The Bee Meeting）1962年10月3日

蜂箱的到临（The Arrival of the Bee Box）1962年10月4日

蜂螫（Stings）1962年10月6日

蜂群（The Swarm）1962年10月7日

过冬（Wintering）1962年10月8—9日

图书在版编目（CIP）数据

精灵：普拉斯诗集/(美)西尔维娅·普拉斯著；
陈黎，张芬龄译. — 北京：北京联合出版公司, 2023.3 (2024.3 重印)
ISBN 978-7-5596-6270-5

Ⅰ.①精… Ⅱ.①西…②陈…③张… Ⅲ.①诗集—
美国—现代 Ⅳ.① I712.25

中国版本图书馆 CIP 数据核字 (2022) 第 249599 号

精灵：普拉斯诗集

作　　者：[美]西尔维娅·普拉斯
译　　者：陈　黎　张芬龄
策划机构：雅众文化
策 划 人：方雨辰
出 品 人：赵红仕
特约编辑：简　雅　陈雅君
责任编辑：龚　将
装帧设计：PAY2PLAY

北京联合出版公司出版
(北京市西城区德外大街 83 号楼 9 层　100088)
北京联合天畅文化传播公司发行
山东临沂新华印刷物流集团有限责任公司印刷　新华书店经销
字数 100 千字　860 毫米 × 1092 毫米　1/32　7.75 印张
2023 年 3 月第 1 版　2024 年 3 月第 2 次印刷
ISBN 978-7-5596-6270-5
定价：65.00 元

版权所有，侵权必究
未经书面许可，不得以任何方式转载、复制、翻印本书部分或全部内容
本书若有质量问题，请与本公司图书销售中心联系调换。
电话：64258472-800